Cristy Marrero

LAS IMPERFECTAS

María Cristina "Cristy" Marrero habla español y come mofongo. Está obsesionada con las relaciones interpersonales y los seres humanos, en general. Tal vez a eso se deba que sea la primera latina nombrada portavoz oficial de Zoosk.com. También le obsesiona bastante crear contenido con sustancia que conecte y enganche. O al menos eso espera.

Como vicepresidenta editorial de la afamada revista *Hola! USA*, Cristy tiene claro que su llamado en esta vida es escribir. En general, la orgullosa hija de Lucas (Q.E.P.D.) y Nydia, es una mujer feliz. En su faceta de periodista, ha sido merecedora de prestigiosos premios tales como: Women in Communications, Inc. Rising Star Award (2013), Julia de Burgos Award (2014) otorgado por el National Puerto Rican Day Parade, MIN

Most Intriguing People in Media Award (2015), Folio Awards Top Women in Media 2015 y, más recientemente, con el Hispanic Heritage Month Award.

En su tiempo libre (nótese el sarcasmo) colabora con varios programas de televisión, enseña yoga Kundalini, practica reiki, corre bicicleta entre Manhattan y Brooklyn, escucha al menos dos podcasts al día, maquina cuál será su próxima vacación y es miembro del consejo del National Puerto Rican Day Parade, March of Dimes y A.S.M.E.

Cristy ama los paréntesis (porque le dan espacio extra para añadir más B.S.), la comida saludable y el helado (no necesariamente en orden de importancia). Su filosofía de vida la resume en dos palabras y un hashtag: #relájateycoopera.

Las imperfectas es su primer libo, pero como sufre de Positivismus Extremus, amenaza con volver a escribir y publicar (fingers crossed!).

LAS
IMPERFECTAS

• • • • • • • • • •

LAS
IMPERFECTAS

Cristy Marrero

VINTAGE ESPAÑOL
Una división de Penguin Random House LLC
Nueva York

PRIMERA EDICIÓN VINTAGE ESPAÑOL, OCTUBRE 2016

Copyright © 2016 por Cristy Marrero

Todos los derechos reservados. Publicado en los Estados Unidos de América por Vintage Español, una división de Penguin Random House LLC, Nueva York, y distribuido en Canadá por Random House of Canada, una división de Penguin Random House Limited, Toronto, compañías Penguin Random House.

Vintage es una marca registrada y Vintage Español y su colofón son marcas de Penguin Random House LLC. Información de catalogación de publicaciones disponible en la Biblioteca del Congreso de los Estados Unidos.

Vintage Español ISBN en tapa blanda: 978-1-101-97246-5
Vintage Español eBook ISBN: 978-1-101-97247-2

www.vintageespanol.com

Impreso en los Estados Unidos de América
10 9 8 7 6 5 4 3 2 1

A papi, Ane y Santiago. Mi luz.

A mami, Yiyi y Candy. Mi paz.

A Stephen. Mi amor.

INTRODUCCIÓN:
DIEZ MUJERES, UN CAMINO

Estoy convencida de que el 90% de las personas llegan a nuestras vidas con el fin de cambiarnos. El otro 10%, sólo para joder. De todas las mujeres que he conocido en mis años de ratón de discoteca, de gitana por el mundo, de vegana-no-me-como-un-pollo-así-venga-disfrazao, de experta en la energía Kundalini y de insensatez de la juventud en general, estas nueve son las que vale la pena mencionar. Así como quien no quiere la cosa, algunas se me han metido en el alma a fuego lento. Suavecito. Como ese rico arrocito blanco que hacía abuelita Lita. Otras han llegado a mi vida con demasiada prisa, poca pausa y demasiada pimienta. Porque así van por la vida mis amigas: cargadas de buenas intenciones. ¿Los resultados? Casi siempre son devastadores. Quizás porque sólo podemos controlar nuestras intenciones mas nunca los resultados. Quizás porque algunas tienen su lado masculino mucho más desarrollado que el femenino (¡y dímelo a mí!) y otras son puro drama. ¿El balance? Obviamente, brilla por su ausencia.

A todas ellas las une una desesperante necesidad de definir su existencia y vivir en un mundo libre de estereotipos, mientras ellas mismas los van creando. Casi todas están obsesionadas con el *feibú*, el *instagrán* y, recientemente, también con el *esnapchat*. De hecho, las más latinas han sido diagnosticadas con el síndrome del *millennial* —porque nada se pega; porque actúan cual sartén de teflón—. Las más agringadas, poseen el síndrome del *penny* —ese que te encuentras dondequiera— porque tienen más millas de viajero frecuente acumuladas que Anthony Bourdain (mea culpa). Si serán intensas las pobres . . . Todas tienen incontinencia de atención. Yo, gracias a Yogui Bhajan, ya no tanto. Ah, y más de una sufre de *taquicardia vaginal**.

La felicidad no es una realidad que comparten mis amigas entre sí. Sólo dos están felices con sus cuerpos y, misteriosamente, son las casadas. Las mismas que —dicho sea de paso— más incomodan al mirar (#nojudgment). Pero no todas corren con la suerte de las feas. Siete de ellas siguen en busca de su alma gemela. De ese hombre que las cuide, las

---

* Condición vaginal mayormente no diagnosticada hasta que tus amigas te comienzan a llamar "la mal follada"; se puede prevenir fornicando con frecuencia.

mime, las lleve a pasear y les pague la renta. La más infeliz de todas es la españolita.

Se llama #María y es una mujer intensa. Su canción favorita es "Ni tú ni nadie". No ha sido capaz de superar la pérdida de su gran amor. Aunque no está necesariamente amargada, tampoco ha sido capaz de sonreír como antes. Han pasado quince años desde que John la dejó. Pero hay mujeres que nunca superan el abandono. María, a sus treinta y cuatro años es —sin duda— una de ellas.

Gracias al universo —como opta por llamar a Dios— todavía se le pasea el alma por el cuerpo. Su palabra favorita es "libertad" y llama "patria" al lugar donde encuentra amor, trabajo y ropa bonita. El sexo es su obsesión mas no su realidad. Más de uno ha salido corriendo ante sus exigencias —y a su prisa por crear su propia versión de una familia feliz—. Tanto, que cuenta sus desamores en años de perro.

Su mejor amiga es #Linda —la brujita bilingüe que vive en Miami y a quien considera su guía espiritual—. A pesar de que sabe que jamás se aplica sus propios consejos y ha tenido más fracasos que bienaventuranzas, si no fuese por esta amistad que se ha desarrollado más allá de esquemas y juicios o códigos postales, María estaría al borde de un ataque de nervios cada tres segundos.

La neurosis de María es "una cosa tremenda", como la describe elocuentemente #Martita —quien calladita se vería más bonita, porque ella tranquilamente podría adjudicarse el título de la Madre de la Neura Femenina—. Lleva más años en busca de macho que los que lleva trabajando en la misma oficina de abogados. O sea, más o menos dieciocho. La pobre no ha sido capaz de perdonar a los españoles por lo que les hicieron a las indias taínas en 1492, aproximadamente. Pero hay algo en Martita que conmueve al más duro: ella trata. Es más, prueba todo lo que le dicen que puede ser medianamente interesante, todo lo que lee o lo que escucha en NPR. Desde que su marido la abandonó no ha sido la misma. De vez en cuando le entra la culpa por ese secreto que lleva entre las costillas, pero se consuela pensando que, en general, él era más cabrón que ella.

"It takes one to know one", piensa #Astrid mientras les prepara a sus buenas compañeras del parche un rico almuerzo macrobiótico. El cual, dicho sea de paso, deberá comerse con palitos chinos porque la madera proviene de la naturaleza, "porque ya es hora de que equilibren su yin y su yang", y porque en su cocina no entra un lechón así venga disfrazado de arepa de las de su mamá. Es curioso como todas la admiran por ser tan abierta a todo lo que proviene del más allá pero, cuando se trata de lo del más acá, es la más inflexible. Y esa es su postura favorita. Ahora se ha enfocado en la pintura. Así que se la pasa de la cocina al estudio, entre pinceles y cucharas de madera.

—Bendito, si la *Colombian* se chupa un limón, el limón es quien hace cara. Pero es que la pobre no pega una... Quizás si metiera mano le iría mejor. Quizás la convenzo si contamos cuántas calorías más perdería en el acto, multiplicadas por tres —le comentó #Gladys a su mari-novio, mejor conocido por todas como "el Súper Bro" por su noble corazón, su ascendencia africana y su pene gigante —no necesariamente en orden de importancia—. A sus cuarenta y cinco años parece "una nena de quince". Siempre ha pensado que la edad es un estado circunstancial del cerebro. *Topless* es su sinónimo por excelencia. No le cae tan bien Astrid porque juzga demasiado y para ella, todo el mundo es inocente hasta que pruebe lo contrario. Incluso, el marido de su mejor amiga, #Victoria, quien pese a las súplicas de Gladys, prefiere embarazarse. Y eso a María también la "cabrea mogollón". Todas odian a su esposo, pero es un secreto a voces. Porque Victoria cree en las apariencias. En el fondo, siempre ha tenido complejo de fea (#aybendito).

—Una preguntita: ¿cómo hace pa' di que preñarse tanto la Vitoria? —despepita #Yamila, la inocente, la que le vende el alma "arrr diablo diunavé" sin decirle al diablo que se la está vendiendo, y encima, le cobra comisión a su cliente—. En otra vida, según Linda, fue judía.

Siempre dispuesta a traer claridad a la mesa por el bienestar de todos y porque su alma es transparente y no conoce de agendas, algunas de sus amigas preferirían que a veces apagara la dichosa velita y no fuese tan preguntona. María, sin embargo, aprecia mucho la buena voluntad de Yamila. Así como su irresistible cuerpo tropical. Yamila celebra su vida porque está convencida de que es afortunada. Sólo con mirar para el lado lo confirma. De las nueve, sólo ella y #Zulma conocen lo que es el amor verdadero. O al menos eso piensan. El único problemita es que el marido de Yamila tiene complejo de Roberto Carlos: tiene un millón de amigos. Y todas son mujeres. Y todas se han acostado con él. Y él se ha acostado con todas. En el fondo es un buen hombre. Al menos no le pega como el de Victoria, ni la abandonó como el de Martita, ni es invisible como el de María. Él sólo es "melao pa' las mujeres". Y ella tiene complejo de Shakira: es loca con su tíguere. ¡Uff . . . siempre que hablo de mis amigas me doy golpes de pecho porque al menos yo no necesito de un hombre para ser feliz!

Quedarse jamona es y siempre será el peor miedo de Zulma. Es la razón por la cual "agarró marido" tan pronto como le cantó el gallo*. Por eso aguanta toneladas de insultos de su marido. En parte, intimidada por su madre, en parte porque la vagancia es uno de sus talentos más evidentes. Tal vez nunca sabrá que eligió al hombre incorrecto. Más que nada, porque no quiere saberlo. Porque tiene el alma en carne viva y no se ha enterado.

Quienes logran penetrar un poco en su corazón se consideran afortunados. Zulma no habla nunca de sus emociones. Zulma es una de las mujeres más seguras de sí mismas que una madre haya parido, a pesar de que es la más joven del corrillo. O al menos eso piensa. Por más que lo ha inten-

---

* Forma vulgar de referirse a la llegada de la menstruación; coloquialismo puertorriqueño.

tado, no logra embarazarse. Lo cual la mantiene bastante alejada de Victoria. Es pura envidia lo que sale por sus poros cada vez que la ve embarazada. Al menos ya se enteró de que la envidia no es más que admiración con coraje.

Cuando Zulma cuestiona su necesidad de ser madre, su única razón válida es que es su deber como esposa. "Tú, como eres esposa antes que mujer . . .", interrumpe #Elisa en un arrebato de amabilidad. Todas saben que con Elisa hay que tener cautela. Más bien mucha paciencia y compasión. En su fase maníaca, es la más graciosa, la más eficiente, la perfeccionista. En su fase depresiva, cualquier hoyo es trinchera, así que sálvese quien pueda. Cree en Dios, pero sólo cuando le conviene. La última vez que la vieron con un hombre, fue con su primo que venía de visita desde La Habana. Elisa es asexual. Pero algunas piensan que, en el fondo, es la más puta. La más *player*. Tenía apenas treinta años cuando le encontraron las putas células cancerosas en el útero (#fuckcancer!).

Inspirada en los fracasos de mis amigas confieso que yo siempre he querido ser hombre. Ser hombre por un par de horas, claro. Es que siento gran fascinación por el "seso masculino", como mejor describo la simpleza del género, como buena yogui que soy. Una vez un muchacho me dijo que soy un *"gay man trapped in a woman's body"*. Me tomó setenta y dos horas entender qué carajo significaba esa metáfora, pero asumo que será porque siempre les digo a las demás que hay mujeres que prefieren actuar como el salitre:

porque no hay quién les meta mano. O como las rebajas. A una de estas nueve buenas amigas, a quien respeto mucho, la tengo especialmente pegada del corazón. Cuando medito por ella, le pido al universo que eleve su nivel de conciencia y deje de verse a sí misma como una oferta válida mientras dure. De hecho, así terminé mi clase de Kundalini el martes pasado. Y todos se cagaron de risa porque ya saben que lo que sale de la boca de su profe #Cecilia es potencialmente motivo de despido en algunos países. Pero no me importa. Soy una rebelde con causa probable. Una mezcla inconcebible entre razón, corazón y curvas peligrosas, como me dijo Danny justo antes de dejarlo. Mami dice que a mí más bien el alma se me balancea por el cuerpo. Mejor dicho, por los chakras. Creo que lo dice porque no quiero tener hijos. Lo tengo clarísimo.

María piensa que lo de los hijos es un cuento chino que me inventé para no asumir responsabilidades en la vida y que cuando llegue "el curita de mi pueblo" (#LOL), mi reloj biológico me jugará una mala movida. María y mami son . . . ¡de un pájaro las dos alas! Linda dice que nuestra relación es de amor y odio. Pero todas tenemos claro que estas polaridades son un mal necesario. Sobre todo porque para mí, la vida son momentos y María reconoce que tiene mucho que aprender de eso. Y yo de su amor por la prosperidad y la abundancia.

A todas nos ha tocado encontrarnos en diferentes momentos de la vida a modo de recordatorio de que "que el blanco sea blanco y el negro sea negro, depende", como dijo Jarabe de Palo. Todo depende. En nuestro proceso de concientización y sensibilización ante nuestra propia realidad, vamos descubriendo nuestra verdad. Como quien limpia una ventana vieja que jamás había visto agua ni jabón y, de pronto, ve a través de ella al mismo verdulero de siempre, pero desde una perspectiva nueva. ¿Qué más acompaña a esta imagen? Las grietas que nunca supimos que existían en nuestra ventana. Las imperfecciones quedan en evidencia. Y eso duele. Duele en el alma.

¿Cómo aliviar tanto dolor que se viene amontonando en el *navel point* (más o menos tres deditos debajo del ombligo) desde la infancia? Reconozco que a pesar de que somos aceite y agua, María, Linda, Martita, Astrid, Gladys, Victoria, Yamila, Zulma, Elisa y yo, somos diez mujeres en busca de un mismo camino: la paz mental.

Ahora, sin más preámbulos, te presento a este bonche de mentes exitosas, algunas con los pies en la tierra, algunas con la cabeza en las nubes y otras con expectativas en el más allá. Todas son mujeres fuertes, guapas y divertidas a las que respeto de corazón. Con o sin marido, mal folladas o felices, en español o en inglés, nuestra única intención en la vida es diseñar y construir un puente indestructible entre nuestros corazones y nuestras mentes. ¡Y que ambos se pongan de acuerdo de una puta vez!

Para nosotras, redefinir nuestra condición de mujer no es una meta. Es nuestra obsesión. Descifrar qué sucede en este seso femenino, al cual yo prefiero referirme como #losheadquarters, es nuestra misión. Porque es allí donde todos —absolutamente todos— nuestros pensamientos alocados (¡pero lógicos!) encuentran sede.

Mi filosofía, sin embargo, es un poco más abstracta —para algunos, incluso obscura—: si no puedes convencerte, confúndete*. Y he aquí lo jodido . . .

---

* Filosofía de vida; técnica infalible de manipulación descarada pero inocente; su efecto puede ser adictivo.

CAPÍTULO 1

#MARÍA

Siempre digo que dejé un pedacito de mi corazón en España. Bueno, eso si lo romantizo. Porque técnicamente lo que dejé en las calles de mi *Madrí* querido no fue mi corazón, sino más bien, la insensatez de mi juventud. Mis bragas y mi inocencia y mis ganas de creer que no todos los hombres son iguales —porque siempre hay uno más cabrón que el anterior, claro está—. Mi historial de crédito también sucumbió ante las exigencias de la ciudad que me abrió la puerta al mundo, a la libertad: mi palabra favorita hasta el sol de hoy. Pero la libertad no siempre ha sido mi mejor amiga. "¡Ay, querida, pero cómo farreó usted en esas calles! Que nos quiten lo bailado . . .", me dijo un día Astrid ya cuando vivíamos en Nueva York y recordábamos con nostalgia sus visitas anuales.

Esos primeros meses lejos de mami fueron maravillosos. En la Madre Patria nadie me cuestionaba si estaba metida en drogas o si había experimentado con mujeres o no. Ni cómo podía tener tanta energía para ir de marcha de lunes a domingo o de domingo a lunes, yo qué sé. Si comí, si no comí, si dormí doce horas seguidas, si dejé las bragas en el suelo o si me gasté toda la pasta en las rebajas de mi más reciente obsesión (entiéndase, Zara), y/o en infinitas cañas. "Oh, qué rica vida la del estudiante" era mi mantra en aquella época de surrealismo, aventura, viajes y amores entre tres, valga la redundancia.

De Madrí recuerdo que olía a una mezcla de tabaco negro con jamón. Con una pizca de lejía, por supuesto. "¡*Joé**, qué pedazo de ciudad tan limpia!", pensé aquella primera madrugada, cuando regresaba de casa de Maya —mi única amiga en Madrid—. "Me cago en la peseta y en la puta que recontra mil parió al imbécil del culo que ha decidido pasar la bendita maquinita del S.E.L.U.R. (Servicio de Limpieza Urgente) a esta hora", me repetía una y otra vez cada madrugada restante de mi existencia madrileña. En fin, que la compulsión por la limpieza de mis españolitos pronto me jodería más que una piña debajo del brazo. El ruido se volvió más 'pesao que Elisa en plena fase depre-

---

* Joder; interjección favorita de los españoles.

siva. Como aquel día que me amenazó de muerte de camino a comprar sus píldoras de litio, porque le dije que dejara que Cecilia viniera a hacerle Reiki para balancearle esos chakras de una vez y por todas. "Eres un espíritu de contradicción. Tú y todas las demás. Caballero, porque mira que les gusta vodveme* loca a mí con estas tonterías del más allá . . . Oye, y de paso, bota esa Matedva antes de entrar a la farmacia que van a pensar que nos la robamos, ¡podtuvida†!".

Mi pobre Elisa . . . Mi cubanita querida . . . No es fácil vivir en el trópico. De eso no me cabe duda. Pero Europa "son otros veinte pesos", como dice Gladys, mi amiga la hippie. En la capital de España, por ejemplo, la ciudad se le pasea por el cuerpo a la gente. Algo que me pareció siempre de la ostia porque mi madre me diagnosticó con ese *síndrome* poco después de haber nacido. "Pero es que a ti el alma se te pasea por el cuerpo, hija mía", me repetía una y otra vez. Y me sigue repitiendo cada vez que algo no le parece lógico. O sea, cada tres minutos.

Pues eso, que España y yo: de un pájaro, las dos alas. Me maravilla pensar cómo todos y cada uno de sus habitantes siempre tienen suficiente tiempo para una caña y un cigarrito. Incluso creo que puede que esté escrito en su Constitución y nadie me lo haya querido decir. Pero conste

---

* Volverme dicho con una papa en la boca.
† Por tu vida dicho con una papa en la boca.

que he preguntado, ¿eh? Es como quien guarda un gran secreto a voces por miedo a que el vecino del lado "coja oreja y le coma los dulces". Esta Yamila con sus dicharachos dominicanos que me hacen partir de risa . . . Siempre exagera su acento cuando me ve alicaída, como ella dice.

Algo que me flipó completamente desde el instante en que puse mi juanete izquierdo en suelo madrileño fue tener acceso a tantos países por tierra y en cuestión de dos o tres horitas. Era algo completamente desconocido para mi alma gitana. Menos mal que era millonaria. Literalmente. Y fue lindo mientras duró . . .

La cara de la mujer rubia teñida que delataba descaradamente la falta de antitranspirante en su mirada y el exceso de Ducados en su sonrisa, jamás la olvidaré.

—Sí, por favor, quiero abrir mi cuenta de banco aquí con este cheque americano. ¿Qué tengo que hacer? —pregunté con esta inocencia que Dios me dio y que el hombre me ha quitado.

—Sí, dígameeeeeeee —respondió como quien no quiere la cosa y sin parar de fumar.

Claro que cuando vio todos esos ceros acompañados por un gran signo de dólar, la mala leche que traía desde el abominable atasco en la M-30 a las 7:45 de esa mañana, se transformó en un rico manchego.

Unos cuantos millones de pesetas en el bolsillo, bolso

recién comprado en el Zara de Argüelles y Abono Transportes del metro en mano, me dispuse a comenzar mi nueva vida en Madrid. Dos meses más tarde, se acabó lo que se daba. Llegó John.

Juanito, como lo llamábamos de cariño por aquello de criollizar su incriollizable palidez guiri, era mi mundo. Y yo era el suyo. Juntos conocimos Europa, descubrimos nuestros límites de resistencia física, trasnochada tras trasnochada, estudiamos economía de la Unión Europea —aranceles y todo incluidos— aprendimos a tocarnos y lo que era un orgasmo, y dos y tres y cuatro. Con John, "nos comíamos los nenes vivos", como dice Martita, la neurótica que en el fondo es más romántica que todas las demás juntas.

Jamás olvidaré la primera vez que me di cuenta de que me gustaba Juanito. Estábamos en Barcelona por el puente y me plantó un besazo en la boca frente a los servicios en La Oveja Negra —vaya nombrecillo del bar que presenció esta primera (de muchas) escena indecente—. Yo, una mujer de diecinueve años, hecha y derecha, con novio esperándome pacientemente en casa, no tardé en reaccionar. "¡Venga ya, tío! Que se te ha ido la olla. ¿Y tú por qué me besas? Si yo ni sé tu nombre. ¿Pero tú de qué vas?", le dije hipotéticamente empalmada*. "Este tío te pone", me dijo la imprudente de Cecilia al oído con ese acento madrileño que aprendió de

---

* Versión masculina de la taquicardia vaginal; cachondeo; bellaquería; movimiento agudo e inesperado de la energía kundalini.

mí. Uno de sus talentos más increíbles es la capacidad que tiene para imitar a la gente, sus voces, gestos y dicharachos. Ya ha de ser políglota. Cecilia es también esa compañera de aventuras que nunca falla y cuyo verbo favorito es follar. "Dejáte de joder y no te hagás la loca. Yyyy . . . este te toca, mamita, y vos te corrés en tres segundos", añadió Victoria cuando aún las palabras sexo y diversión no habían sido vetadas de su diccionario. Ni de su pieza. Antes de que le diera por parir como si se fuese a acabar el mundo, obvio.

Por supuesto que John me gustaba. Sobre todo, después de que me agarró cual pedazo de jamón jabugo de bellota recién cortado, me llevó hasta el torreón del Alcázar y me hizo el amor por espacio de cuatro minutos (¡ininterrumpidos!). Yo, más mojada que suelo de bareto madrileño a las seis de la mañana en viernes, me consumí en sus brazos cual virgen de pueblo.

En España, en el 1999, todo era fácil. No existían relojes ni calendarios. La vida olía a gloria y sabía a Juanito. Construimos un mundo indestructible, repleto de amigos y fantasías cumplidas por minuto. Pero claro que no tenía ni puta idea en aquel entonces de que nuestro mundillo hermoso y lleno de romance, sexo, marcha y hashís, tendría que compartirlo con una mujer más dispuesta a follar que yo. ¡Maldita francesa!

—*I told you! They all are the same.* Excepto mi cucurucho lindo. Ese sí que es un man de verdad. *You-know-what-I'm-sayin'*, me dijo Zulma cuando la llamé desde mi móvil prepago —sin poder apenas respirar— para contarle lo que había sucedido con John.

—Me duele hasta el pelo, tía. Es que alucino con la capacidad de mentir que tienen los hombres. ¡Pero si fui yo quien venía a dejarlo porque se quedó dormido y nunca llegó a recogerme a Barajas! No me entero de nada, la verdad, tía. Es que no me entero de nada nunca —respondí a llanto limpio.

—Cómo así, ¡qué pecado! ¿Qué pudo haberlo hecho patrasearse*? —decía el asunto del email que recibí de Astrid a los tres segundos de haber enviado uno contándole mi tragicomedia. El mío —que todavía guardo en mi cuenta de Hotmail— leía así:

---

18 de abril de 2001

Asunto: John me ha dejado por una francesa droga-dicta

Hora: 23:15

Querida: Con el corazón en la mano y mi autoestima por el suelo, te doy la devastadora noticia de que Juanito ha decidido romper conmigo. ¿Recuerdas que

---

* Coloquialismo bogotano muy, muy bueno; echarse para atrás; arrepentirse.

ya lo había pronosticado Dana? Pues resulta que mi viaje de Semana Santa parece haberle sentado de maravilla para irse a drogar con una gilipollas que no cree ni en la depilación. ¿Y a que no sabes de quién es amiga la muy cabrona? De la Sabine del demonio. Sí, esa, la ridícula que jura que es Brigitte Bardot. ¿Pero sabes qué? Que les den *po'elculo* a los tres. Que yo pa' qué quiero quedarme con un cerdo como este que prefiere a una mujerzuela que le consienta su tonteo con las putas tachas. Niñato de mierda es lo que es. Tía, te juro que jamás he estado más cabreada en mi vida, ¿eh? Si hiciera caso a las señales que el universo me envía cuando conozco a un chico que luego resulta ser un fiasco, creo que ya tendría mi primer bestseller: *"¿Qué coño quieren los hombres? Solución al enigma sin fin"*. Es que flipo con esta generación de hombres con *commitment issues,* como dice Zulma. Esto de tener más opciones que problemas es una gran putada. ¡Qué agobio tengo, tía! Llevo 19 días sin comer y 500 noches sin dormir. Mi compañera de piso ha tratado de todo para hacerme reír y nada. La pobre chilena hasta me bailó "La Lambada" ayer con su nuevo novio. De hecho, es bastante *bobotonto,* pero ella se ve feliz. Y buen tío sí que parece ser. Pero claro, sabrá Dios porque por mubueno que parezcan te la hacen, tía. ¡Te la hacen! Pero qué mal baila la tía además. Te juro que me dieron más ganas de llorar. Nada, querida, que ya basta de cotilleo por hoy que me ha invitado a un zumo el modelo aquel argentino que conocí cuando Cecilia estuvo de visita y le he dicho que sí. Por ahora, ajo y agua*. *Ah, si hablas con Linda por favor dile que me haga una perdida al móvil que ya la llamo yo cuando compre recarga. ¿Vale? Ta' luegooooooo*[†] . . . *Besazos guapaaaa. Estaré bien, que yo antes muerta que sencilla.*

Tu María bonita. María de nadie. ☺

Así pasaron el resto de mis días en Madrid. Menos mal que para cuando recibí el primer texto de John ya había llegado el verano. "*Can we talk?*" ponía el malparío —sobrenombre que le habíamos encasquetado a sugerencia de Astrid—. "*Talk my ass*", respondí sin pensar. Pero con lo que no contaba mi astucia era con que John estaba frente a mi portal cuando mandó el consabido mensajito. Acto seguido, estaba sentado en mi sofá. El mismo donde tantas noches me quedé dormida viendo *Crónicas marcianas* entre sus piernas. El mismo que, si hablara, terminaríamos en la cárcel con pena de muerte por exposiciones deshonestas y pornografía. Juanito era bastante guarro en la cama. Y a mí eso me molaba un mazo.

---

[*] A joderse y aguantarse; coloquialismo español aplicable a cualquier momento de frustración.

[†] Hasta luego en Toledo; mientras más o's lleva al final, más educada es la persona.

John había venido a recoger sus bártulos y a buscar las diez cajas de Whoppers que le había traído de mi último viaje a Estados Unidos. ¡Qué obsesión la suya con el *corn syrup*, por Dios! Yo me limité a observarlo mientras mis ojos se empapaban de lágrimas y mis labios no encontraban consuelo que les permitiese hacer sonido alguno. "Se le cierra el chakra de la garganta a cualquiera, mi'ja. Si este además vino a las millas de chaflán*, recogió los motetes y las chilló", comentó Martita al verme tan descompuesta y a modo de apoyo. Ella siempre tan entusiasta.

La palabra "perdóname" jamás llegó a mis oídos. Y la había verdad no sé si salió de su boca porque para cuando se había ido, mi llanto era ensordecedor. Jamás había llorado tanto. Y mucho menos enfrente de un hombre. Pero él no se quedó atrás. Fue ahí que entendí que nadie le quita nada a nadie. John había decidido irse pero nunca tuvo los cojones de decirlo. *Do you know any man who would say it? Eighty-three percent of them never break up with you, gurl. They just cheat on you*", me gritó Zulma, quien seguramente leyó esto en la más reciente edición de *Siempre Mujer*. Zulma es la felizmente casada, la que no sabe de dolores y se atreve a decir de todo. La que jura que el miedo no existe. ¡Así cualquiera!

Linda, mi brujita, la intuición hecha mujer, mi clarividente favorita, tenía razón. Hay que verle el lado menos

---

* Desplazarse rápido de un lugar al otro; a las millas del pedo.

lindo, lo malo, lo que no nos gusta, a la gente. Pero con la cabeza, no con el corazón. Y mucho menos con la "pájara", como llama Martita —tan fina ella— a su vagina. *"People come and go. And in order for you to know who's your soulmate, you will have to learn to let go. It is in giving that we receive. Remember that, my friend"*. Para Linda todo está predestinado. Por eso habla en códigos. Piensa que siempre tenemos más de un camino, pero nos toca a nosotros aprender a discernir entre el que conviene o no, y cuál es el momento más adecuado para emprender uno nuevo. *"Plus, he is not the only blue-eyed, tall white man you will meet in this lifetime"*. ¡Ostras! Qué capacidad de dar esperanzas tiene mi gringa favorita. Mi madre cuando la conoció me dijo que ella y yo tenemos algo en común: sufrimos de *Positivismus Extremus*. Con una facilidad innata, ambas somos capaces de verle el lado amable a todo, en todo momento. "Sí, pero tú no puedes hablar, tía. Tú que siempre das y no recibes porque estás más pendiente de cualquiera que de ti misma", arremetí yo —en mi mente— en contra de Linda, con este coraje que mis greñas rizas me han permitido manifestar de manera esperada desde que tengo tres añitos. (NOTA: Estoy convencida de que mi abuelo paterno se pilló alguna mulata en algún momento, porque traigo la raza sobre mis hombros —y también unos cuantos centímetros debajo del ombligo— que no me la despinta nadie).

"Hay dos cosas que toda mujer debe hacer en la vida: tirarse a un argentino y a un brasileño". Jamás pensé que las palabras de Cecilia, claramente la más puta de todas nosotras, tendrían tanto sentido. "Lo mejor que ha hecho Dios es una polla detrás de la otra", me repetía Ceci todo el tiempo.

Se llamaba Tiago. Era amigo del modelo argentino. También era modelo. Y yo le gusté. Y tenía la polla más linda que había visto. Claro que apenas había visto tres en total, pero después de dos años con John y un año y medio con Felipe —porque cuando comencé con Juanito, era novia de Felipe, conste— me creía la mujer más experimentada de Madrid. Ahora que lo pienso, no en balde Juanito y yo nos conocimos en La Oveja Negra . . . *"Karma is not a bitch, my friend. It's your obsession"*, opinó Dana. Ella prefiere pensar que todo lo que nos provoca mala leche y resentimiento es una oportunidad que la vida nos da para mejorar la mercancía. Claro que yo lo veo más como una putada. Algo que nadie merece. Porque yo sólo amé a Juanito como esperaba que él me amara a mí. ¿Por qué no puede ser más como yo? *"Because life is not always about you. That is what your ego wants. But you have to find out what your heart really wants"*. Yo solo quiero a Juanito. Tiago está bueno y baila samba y me escribe poemas en portugués, pero no es mi amor. No es mi mundo. Es que es tan fácil de entender . . . "Sí, pero eso no tiene ni pies ni cabeza", intervino Elisa con ese don de la palabra hiriente que Dios le dio. "Esas son cosas de no criarse, tú", añadió. Elisa también me habla en códigos, ¡y eso me desespera!

¿Cómo se supone que uno escuche lo que el corazón dice cuando duele tanto que apenas late en suspiros? "Escribe una listita de las cosas que tiene el tíguere de Juanito *ete,* que te dejaron *full* de to'—porque mira que tú ta como timbre 'e guagua desde que viste al boca-aguá ese por primera vez. Es que yo no entiendo cómo te pegó cuernos con la francesa esa del diablo". Yamila es bien sabia. Siempre me hace reír en los momentos más duros. Nada más con exagerar su ya exagerado acento dominicano me parte de la risa la tía. Es su manera de decir: "Vas a salir de esta también, amiga".

Para explicar claramente cómo pude comenzar a hacer paz con el hecho de que el zapatito estaba roto y tocaba cambiarlo por otro, metí manos a la obra e hice la lista de los *Warning Signs* que me dio el universo y que yo no quise ver antes, porque era mejor seguir follando. Hela aquí:

1. Él vivía en otro continente.
2. Mi inglés en este entonces *was not very good looking,* como decía Celia Cruz.
3. El romance comenzó a base de cuernos.
4. Juanito amaba más a la marihuana que a la madre que lo parió.
5. Era guiri.
6. Era el hijo mayor.
7. La primera vez que lo vi, tuve que pelearme con doña Concha —la del hostal— porque no que-

ría dejarlo entrar. Traía un piercing en la oreja derecha con una infección de los cojones. Parecía altamente peligroso el tronco.

8. Cuatro días más tarde, me besó en La Oveja Negra. Yo ni sabía su nombre.

9. Dos semanas más tarde me dijo, con tono convincente, que creía que le gustaba mi compañera de cuarto. Al día siguiente me confesó que habló la borrachera. Que él sólo tenía ojos para mí.

10. Follamos sin condón.

Este ejercicio fue muy liberador para mí. Luego de un profundo y exhaustivo análisis, concluí lo siguiente —y lo compartí en un email con Astrid, la voz de la razón en casos como este—. En el fondo, siempre es la más compasiva. Y lo guardé junto a los otros 367 correos electrónicos que fueron testigo de nuestro amor y que tanto atesoro porque algún día John los verá todos.

---

4 de septiembre de 2001
Asunto: Ya entiendo por qué John me ha dejado por una francesa drogadicta
Hora: 18:42

Querida: Al final decidí hacerle caso a Yamila y preparé una lista de los momentos en que pude haber sabido que John no era lo que yo creía que era. O sea, que era más gilipollas de lo que yo pensaba. La comparto contigo porque eres la única capaz de entenderme. Tal vez porque la has cagado más que yo, tal vez porque tienes el corazón más grande que la cabeza. Sé que me vas a entender. Aquí te va mi conclusión.

1. Amor de lejos, se lo lleva la corriente.
2. Nunca debí haber olvidado lo que le hicieron los hombres a las indias taínas en el 1492.
3. ¡Sea la madre de la monogamia! (Conste que tampoco me gustan los triángulos, ¡pero joder!)
4. Un porro jamás será mejor que yo.
5. Un latino al menos me hubiese dejado por otra latina.
6. Los primerizos son siempre los más *borde*.
7. Doña Concha tenía razón. Era peligroso.
8. Una oveja negra nunca puede ser buen indicio.
9. Mi compañera de piso sólo tenía lindos los premolares.
10. La promiscuidad tiene nombre y apellido: John Carlson.

"Hoy, Juanito de mi corazón, te dejo Madrid. Tus suspiros de piel y tus ganas de huir. Que ya lo dijo Shakira, yo no quiero cobardes que me hagan sufrir. Y así le digo adiós a tu boca de hachís", decía la carta que le dejé. El día antes de irme de España, John regresó de Estados Unidos después de haber pasado el verano terminando un curso de su licenciatura, "y tú, tres años menor, ya con una maestría a cuestas", me recordaba mami.

Pasamos la noche juntos a insistencias suyas. Y a falta de voluntad mía. En la mañana del 4 de septiembre, me acompañó a hacerme un tatuaje con un símbolo que vi en un libro de I Ching y me había molado mogollón. Cuando íbamos de regreso a mi piso, solté la bomba: "Me marcho. Salgo esta misma, tarde regreso a casa y llevo billete de ida solamente. Lo siento, tío, pero no puedo perdonarte aún. La verdad, no sé si pueda algún día".

Ya me dirás cómo te quedó el ojo, Yamilita . . . Nunca había sentido tanta tristeza y satisfacción en un mismo suspiro.

Te quiero, amiga.

P.D. Te mato como le digas a Cecilia, pero me he comido las 10 putas cajas de bolas de chocolate que le traje al cabrón. Total, mis Whoppers siempre me han acompañado en tiempos de guerra.

P.D.2 Y hazme el favor y dile a Cecilia y a Astrid que dejen de estar llamándome "la mal follada". Que yo solita decido cuándo abrir mi corazón y mis piernas.

Siempre habla quien menos puede . . .

Tu María bonita. María de nadie ☺

Juanito lloraba sin cesar. Jamás había llorado tanto y mucho menos enfrente de una mujer.

—Por favor, al menos dime qué significa tu tatuaje y por qué tenías que hacértelo hoy —me preguntó sollozando.

—Porque quería un recuerdo de mi último día en Madrid. Por eso tenías que estar allí conmigo. Porque fuiste mi mundo.

—*And you were mine* —dijo él—. ¿Y el tatuaje? —insistió.

—Significa 'la insensatez de la juventud'.

CAPÍTULO 2

#LINDA

I know that I will never love Javier the way I loved Christopher. But "La Bruja*" knows best. I am only a messenger. A servant of hers. Por eso aguanto. La Bruja nunca me ha fallado. Nunca se equivoca. *When I was with Christopher I was complete. I had never been with a man before. He was my everything. He was my happiness. But then again, La Bruja knows best.*

Tenía cinco añitos la primera vez que la vi. *I remember telling my mom that there was a fat lady in my room that*

---

* Personaje infalible al cual toda mujer le rinde pleitesía y va a visitar con cada luna llena o cada ciclo menstrual; responsable de mantener la cordura en cualquier hogar latino; miembro de la familia del cual no se habla pero a quien se culpa de todo cuando las cosas "no se dan".

kept asking me for a hug and a shot of rum, which I would reply to with an innocent: "Sorry, fat lady, but my mom tells me not to talk to strangers."

Con los años, luego de *gazillions of hours of negotiations with* la *fat lady, I came to the conclusion that she simply is THE most persistent woman I know.* No entiende de no. Cuando yo más feliz estoy, miro para el lado y allí está ella. A veces la escucho, no siempre tengo la dicha de ver sus caderas culipandeando de aquí para allá. *Because, boy, her hips don't lie! Sometimes she tells me that I will have a happy day before even having had my morning coffee.* Lo cual de por sí ya es muy difícil de creer porque yo sin café no soy feliz. *In fact, it's the only thing I like to have. Well, along with my peanut M&M's, of course.* Pero eso es sólo cuando La Bruja no se me monta. Porque cuando ella se trepa, me obliga a tomar ron y a fumar cigarros como quien no quiere la cosa. *Like there's no* ma-ña-na!

I have always thought that La Bruja is Cuban. But I'm not 200 percent sure. Siempre me habla en español y con un acento que no es el de mis tíos boricuas, los que me enseñaron español en los veranos. *But she sounds very much like my Christopher's secretary,* Breti. Y ella sí que era bien cubana. Nacida y criada en El Vedado, *presumably the most amazing neighborhood in Havana, 'cause EVERY Cuban I meet lived there " 'before Fidel' ".*

Recuerdo a Breti con tanto cariño . . . *Not only because she spent hours listening to my complaints and fears about marrying a womanizer like Christopher, but also because she believed in spirits too.* Yo creo que de no ser por su ayuda, jamás hubiese hecho paz con este don que Dios me dio: el de hablar con los muertos.

Cuando cumplí trece años tuve mi primer encuentro cercano con la muerte. *Like, literally!* Siempre he sido enfermiza, pero esta vez no tuvo que ver con mi diabetes. Fui víctima de la violencia y la falta de compasión de algunos seres humanos medio malos. Bueno, medio si los miro con un solo ojo. *Did I forgive him? Yes. But that stupid scar on my left leg will never go away.* Y eso me ha creado un complejo tremendo con mis piernas. No me pongo un pantalón corto ni que me paguen. Además de que tengo las piernas bien flacas y para mi época lo que se usaba era tener un *coolant** al estilo Iris Chacón.

No me gusta hablar de lo que me pasó, en parte porque no recuerdo mucho. Después de que me golpeara y me dejara inconsciente para robarme la cartera, sufrí un *concussion* que me provocó amnesia temporera. *Christopher always told me he thought what I had was more of a selective sort of amnesia.* O sea, que yo decidí olvidar lo que me pasó porque me duele demasiado recordarlo. *He would always say that God didn't make me any taller because my heart would have been way too big to handle.* Nunca fui

---

* Hacer búsqueda en YouTube con las palabras clave: anuncio *coolant* Iris Chacón.

sexy hasta que lo conocí. Me hizo recobrar las ganas de vivir y de aceptarme como soy, con todo y diabetes tipo 1 incluida. ¡Y patas de gallina!

Es cierto que la muerte me ha venido a ver en más de una ocasión, pero la primera vez que me atreví a abrazar a La Bruja fue el día de mi "accidente". *I'm convinced that she brought me back to life.* Recuerdo que me dijo al oído: *Listen, Linda!* Dame un abrazo y un buche de ron, que me los debes desde hace años. *And just like that, I started breathing again without the help of that super noisy machine.*

Lo que sí recuerdo bien es el montón de gente que entraba y salía de mi habitación a toda hora y la cara de susto de mi santa madre cuando abrí los ojos de nuevo. La pobre no entendía nada. Sólo rezaba el rosario sin parar. Mi papá, que siempre fue tan callado, *swore all day and asked Jesus Christ how He could let this happen to me. All I can remember was hearing a bunch of fuck this, fuck that.* Papi siempre decía que yo era un ángel. Me decía cariñosamente: "Santita". *Little did he know that I would really need all my holy powers to survive in this world of mine . . .*

Desde entonces, la tragedia siempre ha sido una hija más en mi familia. Cuando más feliz estaba con mi trabajo de consejera en una escuela primaria, embarazada de mi primer hijo y con suficiente dinero en mi cuenta para ser una *stay-at-home mom, Christopher had the accident.* Breti fue quien me llamó para darme la noticia. *I could not believe that my husband was dead.*

Este fue mi segundo encuentro cercano con la muerte. Lo curioso de todo es que nunca le he temido. Quizás porque los doctores siempre le decían a mami: *take care of her because her health is fragile*. Me acostumbré a saber que la vida es un ratito. Y que la muerte no es nada más que la vida en perspectiva. Lo peligroso de estas situaciones es que cuando se va un ser querido todo pierde importancia. *And it is in that moment that we realize how stupid and trivial everything can be when our time comes. And we become numb.*

Mi corazón, roto como está, tiene nombre y apellido. Pero Christopher Smith ya no puede besarme en la esquina derecha de la nariz, *my favorite spot*. Ni decirme que me ama aún cuando lo obligo a comer espinaca. Y que me quiere desde nuestra casa hasta el McDonald's —que, dicho sea de paso, *was only a block away from home*—.

Mi única esperanza, lo único que me hacía levantar de la cama era el hambre atroz que sólo una embarazada de siete meses puede tener. Porque no se puede ni respirar cuando el corazón duele de esa manera. Los doctores me decían que tenía que cuidarme y *take care of my baby. That he was my reason to live now. I wanted to believe it, but I couldn't feel anymore. I was numb.* Por las noches Christopher se me aparecía y me decía: "*I fucked up again, Linda. But you have to be OK for our son. Stop this selective numbness bullshit already! I love you, girlie.*" A veces me despertaba sonriendo sin querer. Porque siempre lo molestaba por ser tan boquisucio y me hacía reír pensar que como ya estaba en el cielo, seguro podía hacer lo que le diera la gana allá arriba. Hasta decir groserías. *Yes, he could get away with it, as long as he continued to come talk to me every night, I told him.*

A los dos meses, cuando apenas me quedaban cinco días para parir, la muerte me vino a ver de nuevo, por tercera vez. *Just when I thought nothing bad could happen to me ever again! Right after I had a very serious conversation with God and asked him to stop recruiting my family already!* Mi bebé murió.

No pude ir a su entierro. Jamás me lo perdonaré. Pero creo que si hubiese ido me hubiese enterrado viva con él. Porque mi vida en esta tierra no tenía sentido. Primero su papá y ahora él. "¡Pero qué carajo he hecho yo para merecer esto!", le gritaba una y otra vez a La Bruja. Pero ella no apareció hasta el quinto día de estar en *Intensive Care recovering from almost losing my life too.* Veintiocho pintas de sangre transfundida después, se escuchó un: "Chica, tú tienes que levantarte porque tu misión en la vida es otra. Paciencia y fe. Dios se va a encargar de explicártelo". Y con esas palabras, vacías pero a la vez tan llenas de luz, abrí mis ojos de nuevo.

Adolorida hasta más no poder, ese día decidí que Dios me puso en este mundo para ser mamá de todo aquel que sufre. Porque de dolor yo sí sé. *I accepted his will and tried really, really really hard to reinvent myself as a widow and as a mother. Because I am a mother. My baby lives in me. And so does my husband.* Pero confieso que muchas noches me duermo del cansancio que da el llorar sin parar. Lo malo de la muerte es que es un proceso muy solitario. Nadie amó a mi marido de la misma manera que yo. Nadie sabe el vacío que siento en mis entrañas, en mi útero, en mis ovarios y en mis trompas de Falopio tras la muerte de mi bebé. Cuando todos mueren y tú te quedas viva, lo más triste es hacer de cuenta que la vida sigue. *I know what you must be going through . . . My heart goes out to you . . . Life goes on . . . blah, blah, blah . . .* te dice la gente con toda la parsimonia del mundo. A veces voy a comer helado —aunque me dé un dolor de estómago que dure cuatro horas— sólo porque me recuerda a Christopher. Todos los domingos íbamos al Howard Johnson cerca de casa. Él pedía chocolate y yo fresa. Los dos le poníamos nueces y, a veces, galletitas Oreo. Hay días en que me voy a la playa sola a mirar hacia el horizonte y las lágrimas bajan cual cataratas del Niágara. Y no las quiero controlar. No me da la gana. Porque mis lágrimas son lo único que me queda.

Mi novio de ahora ni se atreve a decir nada cuando me pongo así. Fue mi condición cuando me invitó a salir por primera vez en un *date*. Que si sentía la necesidad de hablar de Christopher o de mi bebé, me iba a escuhar. *That if I needed to cry nonstop for three days, he would be there for me or leave me alone. He is a very kind man. Compassionate and loving, but definitely not the sharpest pen-*

cil in the box. Despite the fact that I may never love him fully, he accepts me. Javier is probably more understanding than Christopher ever was, but I simply can't love like that anymore. Mi corazón es como una pasita: súper dulce pero seco. En el fondo sé que no puedo amar porque no me siento capaz de retener la felicidad. Porque cada vez que amo, cada persona que quiero, cada ratito de alegría, me lo arrebatan sin piedad. *I don't dare to love again. Yes, I am chicken when it comes to love.*

Han pasado ya quince años de mis encuentros cercanos con la muerte, pero La Bruja sigue vivita y coleando, como decía mi tía. Desde que acepté su presencia en mi vida no hago nada sin consultarla. Y ahora comprendo a mami cuando me dice que ya no tiene deseos de enamorarse porque ya lo ha hecho una vez y su amor ya no está. Su amor no funcionó. Claro que la viudez de mi madre es más bien de espíritu. O virtual. Porque ella no perdió a su marido. *She chose to stay single* persecula seculorum. *I guess my brothers and I don't call her* la virgen reciclada *for nothing . . .*

Las viudas tenemos algo en común: un título, una palabra que nos encasilla y que puede incluso convertirse en el boleto de entrada al grupo de apoyo más cercano. Las mamás que perdemos un hijo no tenemos la misma suerte. Es tan duro el proceso que ni siquiera hay una palabra que lo describa. Tal vez porque este dolor es puro verbo, no adjetivo. No tenemos para dónde mirar ni a dónde ir. No importa cuánto amor tengamos a nuestro alrededor, nuestro hijo ya no está. Y eso nadie lo puede cambiar. En mi caso, mi bebé ni siquiera llegó a tener nombre, porque Christopher y yo habíamos decidido esperar a verle los ojitos para escoger el que mejor fuese con su personalidad. Nunca sabré cómo era su mirada. Menos mal que logré verlo una vez que terminó la cesárea de emergencia. Cierro los ojos al menos catorce veces al día para tratar de nunca olvidar su carita. Pero estaba tan drogada, tan en *shock*, tan rota por dentro y por fuera, que no recuerdo mucho cómo se veía. Mami me dice que se parecía a mí. Que tenía la forma de mis ojos. Que era un bebé hermoso y saludable. ¡Si yo estaba haciendo yoga apenas doce horas antes de que se me desprendiera la placenta, Dios mío! Cómo es posible que nadie me pudiera decir que esto pasaría. Ni siquiera La Bruja. No es justo. No es justo. A la gente buena le deberían pasar cosas buenas. Ya no me interesa saber el porqué. Dios seguro me tendrá la respuesta cuando esté preparada para escucharla. Pero reconozco que lo que *keeps me up at night is not so much the "why" but the "how". How did I not feel this coming? How did I not run to the hospital with the first cramp? How did I not tell my mom I was feeling weird? How did I let my baby die inside of me? HOW!?*

Tener el corazón partido ya es mi *modus operandi*. Buscar consuelo es lo único que me queda además de mis lágrimas —con esas sí que puedo contar siempre—. Por eso paso muchas horas pensando que ya había decidido que mi bebé llevaría el nombre de su padre por algún lado. Y quizás también el del mío. Después de todo, había hecho paz con la idea perturbadora de que la desgracia es hereditaria.

I will never forget Breti's visit to the hospital. She couldn't belive that "un cuerpo pueda aguantar tanto dolor". Y que todavía tuviera una sonrisa en los labios cuando entró al cuarto y me dio los buenos días. "¿Qué culpa tiene el mundo de mi dolor, Breti?", le dije bebiéndome las lágrimas. Porque así recuerdo esos días siguientes de llanto incontrolable y sonrisas programadas. Cuando no quería que me tuvieran pena o que mami se preocupara por mí, sonreía pero con las muelas de atrás.

A los pocos años, Breti también se me fue al cielo, pero me dejó su olor a talco Maja, su colección de abanicos hermosos y la esperanza de que ella era la versión de carne y hueso de La Bruja. Y, como si fuera poco, también me dejó mi mantra preferido: *Rakhe Rakhan Har.* "Canta este mantra como en suspiros, durante siete minutos, siempre que tengas miedo", fueron sus últimas palabras. Inmediatamente me dispuse a averiguar qué significaba la palabra mantra y dónde podía encontrar esa canción para cantarla en honor a mi amiga Breti.

Fue así como conocí a Arjan Singh Sat, mi profesor de yoga. *"This is a mantra of protection against all negative inner and outer forces that are blocking us from moving forward on our true path. It cuts like a sword through every opposing vibration, thought, word and action," he explained.* Desde ese día, he compartido este mantra —que no es más que una vibración, una combinación de sonidos que mueven la energía a través de los chakras— con todos mis *clients*.

Rakhay rakhanahaar aap
    ubaaria-an
Gur kee pairee paa-i kaaj
    savaari-an
Hoaa aap da-iaal manaho na
    visaari-an
Saadh janaa kai sang bhavajal
    taari-an

Saakat nindak dusht khin
    maa-eh bidaari-an
Tis saahib kee tayk Naanak
    manai maa-eh
Jis simrat sukh ho-i sagalay
    dookh jaa-eh

Thou who savest, save us all
    and take us across,
Uplifting and giving the excel-
    lence.
You gave us the touch of the
    lotus feet of the Guru, and
    all our jobs are done.
You have become merciful,
    kind, and compassionate;
    and so our mind does not
    forget Thee.
In the company of the holy
    beings you take us from
    misfortune and calamities,
    scandals, and disrepute.
Godless, slanderous enemies—
    you finish them in timeless-
    ness.
That great Lord is my anchor.
Nanak, keep firm in your
    mind, by meditating and
    repeating His name
All happiness comes and all
    sorrows and pain go away.

Y todas las penas se irán . . . *Uff! Now, that's a lot to ask*, pero no me importa. Todas las noches desde la noche en que Arjan llegó a mi vida, me logro dormir al sonido de esta música hermosa y tan liberadora. Aunque, la verdad, nunca duermo más de cuatro horas seguidas. El televisor siempre tiene que estar prendido y las luces también. *Otherwise, these people drive me crazy!* Son demasiadas las almas que se me han pegado desde que acepté este camino de luz. Jamás pensé que diría esto, pero si no fuese por La Bruja no sé qué hubiese sido de mí.

La pena a veces es la excusa perfecta para conectar con la gente. Otras veces es simplemente "amiga de jódete", como dice mami. Así llegó María a mi vida. O yo a la de ella. Nunca sabré a ciencia cierta qué tiene ella que me llamó tanto la atención ayudarla. Pero eso siempre pasa con La Bruja. Se empecina con alguien y no me deja dormir hasta que encuentro a la persona y la ayudo. María trabajaba con mi prima Martita y ella siempre me pedía consejos para ayudarla. Martita es el ser más compasivo del mundo. Si tan sólo pudiera controlar su neurosis . . .

And just like that, María and I became good friends. She immediately accepted my help and kept coming back for more. Just like me with my M&M's and her with her Whoppers. "Tía, es que no sé cómo es que John me ha marcado tan duro que no soy capaz de amar de nuevo. ¿Por qué ha sido tan cruel conmigo si yo todo lo que hice fue amarlo?". Este era el mantra de María. *I still remember the first time I tried explaining to her that, somehow, we are all responsible for what happens in a relationship. Up until then, it hadn't occurred to her that she may have had something to do with what happened with John.* "Pero si estaba más flaca y guapa que nunca cuando me dejó por la francesa, no entiendo, tía".

María es un alma joven. Y ¿cómo se le explica a un alma joven que puede que esta sea su primera vida y que le queda mucho terreno por recorrer y mucho por sufrir? "Si comiera menos azúcar y más sopa miso, la cosa sería distinta", asegura Astrid. Mi relación con la más saludable de todas mis *clients* comenzó también a través de María. De alguna manera extraña, ella es siempre el hilo conector entre mis *clients. And I am grateful for that! Even for the most difficult ones like Elisa.* "María tiene que aprender a escuchar, Linda. Y a ser más compasiva con el prójimo. Su nivel de conciencia está estancado en cuando vivía en España y estaba con John, y eso tiene que cambiar porque la vida cambia, todo cambia". Puede que Astrid esté en lo cierto. Pero no es mi deber juzgar a mis *clients.* Las escucho y si tienen su tercer chakra abierto, aunque sea a *teeny tiny bit,* soy médium de lo que La Bruja les tenga que decir. "¡Mano, como aquella vez que me dijiste que iba a conocer a mi macharrán en un avión!", me dijo Gladys, la más hippie de todas *and probably the most open one, but like, literally. She is the only woman alive that can actually have a serious intimate—and functional—open relation-*

ship with her man, el Super Bro*. Sí, es cierto que predije que encontraría el amor en un viaje de solterona de esos que hacía, pero también es cierto que siempre he sabido que la relación más estable que Gladys ha tenido es con su gato, Gato.

Gladys está convencida de que es mejor que Victoria, por ejemplo. Según me contó un día por Skype: "Al menos yo tengo mi taquicardia vaginal *in check*". *Gladys is one wise woman. She is one of those people that makes sense without even trying. Her logic is different; harsh for some and cuckoo for others.* Pero en general, Gladys posee una sabiduría innata que la hace la perfecta escucha para cualquier niña. De hecho, hasta Victoria la llama de vez en cuando y de cuando en vez. "O cada vez que se le atora un peo con el innombrable. *Ay bendito*, pero yo sé que él la quiere mucho en el fondo", añade Gladys. God bless her Gemini ways! Uno de los talentos más intrínsecos de esta boricua es su don de la palabra. La Bruja siempre dice que tiene el chakra de la comunicación muy conectado con su *heart center*. Y que por eso tiene tanta agilidad entre mente y boca. Esta linda hippie sin diagnosticar además está convencida de que no todos los hombres son malos. "¡Claro que no!", interrumpe María. "Porque el próximo segura-

---

* Mari-novio de Gladys cuyo sobrenombre aluda a su pene grande y a su tez negra. Es amable y folla como un dios, si Gladys creyera en Dios, claro está.

mente será peor que el anterior", añade la "amarga diagnosticada", según la llama Gladys cariñosamente.

Cuando escucho a Gladys hablar con María y a Yamila "mearse de la risa en los pantis" con ese yo-no-fui *attitude* que tan bien comparte con su amiga del chilingui*, Zulma, no puedo contener los deseos de preguntarle a La Bruja cómo es posible que todas estas almas estén unidas de alguna manera y si es esto de lo que el karma se trata. Claro que La Bruja se hace la loca cuando trato de abordar temas como este. No le gusta juzgar ni nada que se parezca. "Échale cachú†", me responde La Bruja, como quien se burla de los *Dominicans* y sus frases coloquiales tan cute.

"Chica, estas guajiras lo que necesitan es que Santacló les traiga un bajichupa la navidá que viene, tú". Para Elisa todo lo que se pueda resolver con dinero no es problema. Sino más bien pura mielda con potencial a combertidse en chiste. "Que dejen de comer de lo que pica el pollo y verán cómo la Virgen del Cobre les quita to. Y si no, que me avisen que las llevo a la botánica petshop pá rápido. Que a veces creo que lo que estas necesitan es un buen *trabajo*". Elisa siempre ha cuestionado mi clarividencia. Y no pierde oportunidad de reírse de mí ni de hacerme sentir que soy una farsante o una loca sin diagnosticar. "Podque yo al

---

* Intento fallido de latinizar la palabra chilling; coloquialismo vintage circa años ochenta.

† Échale ketchup; dominicanismo que hace referencia a ponerle sabor a lo desabrido —gente incluída—.

menos soy loca certificada, *ta' niña*" . . . Así son los *moods* de mi *client* más difícil, sin duda razonable.

Cecilia, sin embargo, siempre llama cuando más necesito hablar. Aparece cuando menos la espero, a veces incluso toca a mi puerta cuando está de visita por "los Miamis, mamis", como ella dice. *She is a great friend. But we grew closer as she became a yogi. "The best thing I could have ever done to myself was moving that Kundalini once and for all," she admits.* Cuando mi bebé murió, la primera carita que vi al despertar fue la de Cecilia. Bueno, la primera cara de carne y hueso, quiero decir. Porque La Bruja estaba allí 24-7. Mientras estaba embarazada, recuerdo que hasta me había sentido un poco con ella porque fue la única persona que nunca me regaló nada para mi bebé. Nunca dije nada, pero me parecía tan raro que alguien tan generoso como ella no hubiese tenido ese detalle conmigo. *Especially because she used to send me all sorts of stuff in the mail on a regular basis; like souvenirs from her trips,* estampitas de santos *from all the temples she visited in Asia, even a plane ticket once to join her on a business trip to Costa Rica.*

Pero cuando mi bebé decidió no nacer, Cecilia llegó a verme con un ramo de flores blancas, miel, agua florida, canela, un pote de sal, un envase de cristal y una velita rosada. Sentí que en el fondo ella sabía que esto pasaría. Fue en ese preciso momento que entendí que es y siempre había sido mi mejor alumna. "En tiempo de revolución, pon una velita rosada a Chamuel y cambia el agua con sal todas las mañanas", le repetía siempre que Cecilia me llamaba un poco "badtripeá", como dice Gladys. "Ahora te toca a ti, *my friend*. Te voy a preparar el bañito con agua florida, flores blancas, miel y canela. Ya puse el agua con sal en la mesita de noche y vamos a prender la velita rosada en nombre de Chamuel. Ya te puse una blanca en casa y le pedí a San Rafael, tu curandero por excelencia", me dijo convencida la misma que nunca antes cuestionó mis mejunjes pero tampoco necesariamente los entendía.

"Christopher vino a verme anoche y me dijo que él no se había llevado a nuestro bebé. Que no dejara que nadie me dijera eso porque no es cierto", le conté sin poder casi respirar porque estaba tan débil y desorientada . . . "Mi bebé escogió no venir a este mundo y yo acepto su deseo porque yo no quisiera estar aquí tampoco. Pero no tengo derecho a pedir la muerte. La muerte viene cuando el alma está preparada para elevarse. Yo todavía tengo mucho que hacer aquí y verte hoy me lo recuerda", le confesé a Cecilia. "*Love is a verb, my friend*", me respondió.

There is no pain that compares to the one of losing a child. Whoever tells you otherwise está equivocado. *Am I mad at God? Disappointed, rather. Will I ever believe in Him again? If it weren't for my faith, I would be in a* manicomio. *How do I stay sane? With time I have come to realize that maybe He wants me to learn how to coexist with pain and uncertainty. Maybe this is what I came here to learn. Maybe losing the love of my life and my sweet baby angel—right after almost losing my own life and having my father and my Christopher die on me—is what I came to experience in this life. Because I believe there are many lives.*

Quizás vine a aprender el significado de la palabra muerte. *Maybe I just have the worst luck ever.* Quizás fui tremenda hija de puta en la vida anterior y ahora lo estoy pagando con creces. *In any case, I will never know for sure what my purpose in life is. What I do know for sure, though, is that death isn't all that ugly. That there is also beauty in this process. It is perhaps the most life-changing moment one can experience in a lifetime because we transcend, and love never dies. I have learned that I am blesssed to still be alive. It could have been me inside of my mom's womb. It could have been me in that accident. It could have been me who died of a heart attack, like my mother did. It could have been me who died because my forty-eight-year-old husband passed away a month earlier, like my father did.*

Pero no. No he muerto. Y hablo de mis seres queridos en presente. Porque el amor nunca muere, trasciende. Aunque reconozco que un pedacito de mí sí que muere cada vez que pierdo a un ser que amo. Y que mi vida jamás será igual. Y que sonreír es un compromiso que hago conmigo misma y con Dios cada mañana, jamás un acto involuntario como cuando era más joven.

Hoy, quince años más tarde, sigo viva. Sigo con Javier. Sigo peleando con la diabetes y comiendo M&M's de maní.

Pero sólo cuento mi historia en raras ocasiones. Incluso, cuando conozco a alguien y me hace demasiadas preguntas, respondo con un: *"Are you writing a book?"* *"And the chicken is dead"*/muerto el pollo, como decía mi tía. Porque ya lo dijo Rumi: *"That which cannot be put into words can only be grasped through silence."* *Plus, La Bruja knows best.*

• • • • • • • • • •

CAPÍTULO 3

#MARTITA

No es fácil crecer el en trópico. Quizás porque es de conocimiento general —o tal vez sea el método de supervivencia por excelencia de los hijos latinos— que las madres saben más que uno. Tanta es su sabiduría que incluso la ponen en práctica para elegir los accesorios que van a complementar su look del momento. Por ejemplo, la cartera. Yo tengo una desde antes de que me cantara el gallo. Más o menos un mes antes de tener uso de razón. Cuando cumplí ocho añitos, mamá me regaló una de Tinker Bell. ¡Qué mona yo! Claro que jamás pensé que eso tendría las terribles consecuencias sicológicas con las que hoy brego —y por las cuales pago un ojo de la cara mensualmente—.

Me explico. Una tarde de primavera andaba yo con tres

•

lindas amigas por Brooklyn, de *brunch,* y se me ocurre la gran idea de cucarles la lengua*. ¡Ay, virgen santa! Debería haber sido una amena tertulia dominguera. Pero de eso nada, ¿eh?

Éramos dos puertorriqueñas, una gringa que habla español, una caribeña que ha vivido en España por varios años y una colombiana.

—Es que las mamás están bien locas. La mía se inventaba canciones para el camino a casa porque jodíamos tanto . . . Que si cuánto faltaba pa' llegar y eso . . . Y ahí, como que la poseía el espíritu de Yolandita Monge —relaté con naturalidad.

—Joder, ¿pero qué es eso tía? —preguntó María.

—Pues eso. Mami rompía a cantar como las locas cuando pasaba frente a la lechonera que había a dos minutos de casa: "Ya estamos llegando, ya estamos cerquita, ya se ven las luces y las morcillas fritas . . .". "¡Qué anormal es, bendito!" —añadí.

Cual fuera mi sorpresa cuando Astrid —la *Colombian*— interrumpió mi canto para decir:

—Pues parece que es una cuestión generacional lo de la cantada. Mi madre también le sometía a Camilo Sesto, a todo pulmón, mientras trapeaba el piso —arremetió.

¡Ay, Virgen del Verbo! O sea . . . Al fin entiendo la rela-

---

* Crónica de un chisme anunciado; preludio al drama; acto usualmente premeditado por un busca bulla, entiéndase, cinzañero.

ción entre mapear, esgalillarse* y llorar a la vez. Me ha tomado veinte años descifrar este enigma. La neurosis de nuestras madres no solo es hereditaria, sino que trasciende todas las fronteras latinoamericanas.

Entre *beer* y *beer,* seguimos pelando a nuestras progenitoras sin la menor piedad.

—Oigan, y qué me dicen de la manía esa de las madres de decir que en cualquier momento agarrarían la cartera, se largarían a un monte alto y nunca más las volveríamos a ver? —comentó Gladys.

¡Y ahí sí que se formó! Creo que me dio un soplo.

—Coño, no me digas que tu mamá también te hacía esa cabronada a ti. ¡Qué coraje, nena! —vociferé sin cesar.

—Pero por supuesto que sí. Es más, la mía lo repetía como cada dos días —confesó la pobre Gladys.

Mi compatriota casi cumple los cincuenta y todavía no supera semejante trauma. Y yo tampoco, la verdad. Dos días más tarde —supongo que cuando pude sacar fuerzas para retomar el temita— la llamé y le dije:

—Chica, tengo que confesar algo. Llevo años yendo a una sicóloga para superar ciertos miedos, y no fue hasta el domingo que comprendí que todo es culpa de la puñetera cartera de mami.

---

* Desgalillarse; gritar demasiado alto; vociferar al estilo La Chimoltrufia; sobreusar un gran galillo.

—¡Ay santo, pero de qué estás hablando, nena? —respondió Gladys, entre dormida y despierta.

Pues sencillamente, había vivido los últimos treinta años de mi vida temiendo que me abandonasen. El trauma de imaginar a mi loca madre agarrando la cartera y largándose para siempre, me generó tremenda fobia.

—Ay, amiga. Qué te puedo decir . . . Cuando yo tenía catorce años, hastiada de escuchar la dichosa amenaza, le dije a la mía: "Una pregunta, ¿y por qué te tienes que llevar la cartera?". "El pescozón que me metieron fue tal que comprendí que para las madres boricuas, la cartera es tema tabú. Que si quieres vivir (sin trauma) y tener una relación saludable con la mujer que te dio la vida, más vale que nunca, pero NUNCA, incluyas la palabra 'cartera' en una discusión".

Siempre que me pongo histérica me da con llamar a Linda. Tengo a la pobre en *speed dial*. También la llamo de vez en cuando si tengo algo que reportar, algún progreso. Alguna "comprobación", como lo llama ella. Ese día la llamé para compartir mi gran descubrimiento patológico sobre las madres puertorriqueñas, el abandono y sus carteras. Y descubrimos varios traumas más, provenientes de una niñez reprimida por el fuerte carácter —y los enormes cojones— de las mujeres de la generación anterior: #sealamadredelasboomers. "Y qué me dices de esa filosofía de que 'nunca debes salir de la casa con pantis rotos por si te desmayas y te tienen que llevar en ambulancia'?", comentó mi brujita favorita.

Casi me meo de la risa. Esto sí que no esperaba que fuera algo tan universal. Y lo que es peor, con Linda confirmé que esto no se quedó en la generación de nuestras madres. Una buena amiga suya, que es judía (y boricua también) con niños gringuitos, me confesó que a su hija de doce años la tiene sentenciá. "Como se atreva a ponerse pantis rotos la desheredo", dijo con tono de orgullo.

En mi afán de explicarles a mis tres amigas mi hipótesis de por qué las mamás boricuas ponen la cartera hasta por encima de sus mismos hijos, llegó a mi mente la *Petunia Mentá**.

—Hostia, ¿pero quién es esa, tu tía? —cuestionó María.

—Un gran personaje popular en mi isla, que se caracterizaba por tener la cartera pegá del brazo *24-7* —expliqué pacientemente. (BTW, siempre me he preguntado si habrá algún lazo familiar entre la Petunia Mentá y la Puerca de Juan Bobo). En fin . . .

Con el lema "hijas unidas jamás serán vencidas", las cuatro empinamos el codo al unísono y nos dimos un *shot*. Brindamos por el olvido y por el perdón. Tampoco es cuestión de juzgar a las mujeres que nos dieron la vida, ni de guardar rencores. Mucho menos porque una vez rebuscaste sus carteras sin permiso y se pararon en medio de la autopista, y te botaron las castañuelas que tanto querías por la

---

* Personaje folclórico cuya cartera conoció la fama por exceso de uso; mujeres que no sueltan el bolso ni para dormir; condición congénita de toda mujer latina.

ventana pa' afuera . . . "Habráse visto cosa igual que ahora los hijos metan las manos en las carteras de las madres", añadió mami.

De todo corazón, espero que mi amiguita boricua pueda superar su trauma carterístico. Que la *Colombian* recupere la capacidad de apreciar la música de Camilo Sesto y que la gringuita comprenda que dentro de toda mujer puertorriqueña habita una Petunia Mentá.

Yo, por mi parte, sigo haciendo *research* para poder probar que cuando uno tiene un accidente de carro nadie le mira los pantis. ¡Ni que te fueran a negar la admisión a emergencias si están rotos!

Claro que todo esto abrió una caja de pandora en mis entrañas y no pude contener los deseos de contarle a la madre que me parió que su sabiduría había trascendido fronteras e idiomas. ¿Su reacción? Dijo con tono fuerte:

—Qué lindo cuento me has echado, hijita. Pero, y por qué no explicas que las madres puertorriqueñas están tostás porque los hijos puertorriqueños son tremendos hijosdelagranputa?

A lo que refuté entre dientes con un:

—*I guess* que lo que se hereda no se hurta . . .

Total, mi madre siempre ha sido una gran mujer. Que no se cuestione esto jamás. Loca, jodona, cantaletera, con o sin cartera, mami siempre ha sido mi roca.

Pero una mujer jamás vuelve a ser la misma después de un aborto. Si pudiera echar el tiempo hacia atrás ahora sería mamá de un adolescente. Y quizás no sería tan malo. Pero Dios sabe que no podía tener un hijo con Carlos. No era el momento. Y decirle la verdad hubiese sido peor. Siempre pensé que las mujeres que hacen estas cosas están totalmente locas, son egoístas y vagas. Pero el aborto no es el camino fácil. No hay nada más desgarrador que ese olor a quemado cuando están haciendo el procedimiento. Nada más invasivo ni cruel que las miradas de la gente en la sala de espera. Aún cuando están a punto de cometer el mismo error que tú. Pero mi aborto no fue un error. Mi embarazo lo fue.

Sólo tres personas saben mi verdad: María, Linda y Cecilia. Porque son las únicas tres personas que no tienen fuerza moral para juzgarme. El resto sólo conoce la otra versión de los hechos. Y prefiero que así sea. Como dice Linda, la compasión es un don en peligro de extinción. Y yo digo que juzgar es naturaleza humana . . . ¡pero cuánto duele cuando le toca a uno!

De todo lo malo que pasé en 1999, lo mejor ha sido *reconocer* a mis amigas. Y el día que fui a donde aquel chamán mexicano que me dijo que tenía la Kundalini estancada y que "la moviera tantito nomás, ahorita mismo". También me dijo que quemara una vela blanca larga y luego la enterrara en algún tiesto fuera de mi casa. Llamé a Linda en *rush* y me dijo que era buena idea. Pero casi se muere de la risa cuando le pregunté dónde carajo se sembraba una vela en las calles de Brooklyn sin que nadie se diese cuenta. Creo que ese fue el día en que recuperé mi sentido del humor. Pero me tomó cinco años, conste. *"Commitment is the first step to happiness"*, dice Yamila que le dijo Cecilia. Ese día me comprometí a volver a sonreír. Al menos cuando me pase algo gracioso.

A veces voy a la clase de yoga de Cecilia y salgo más histérica. Pero luego voy a visitar a Elisa un rato y se me quita. Nada mejor que ir a ver a alguien que está peor que uno para que se le quite a uno la pasión de ánimo* esta del demonio. Otras veces me da una cosa bien mala cuando voy a janguear. A ese tipo de histeria, mi querida Yamila la ha bautizado como estrés de jangueo†. Mi dominiqui linda que siempre me hace reír con sus *sanganás* . . . Es que Yamila sabe tomarse la vida *light*.

Mi nueva obsesión son los podcasts. El otro día vi a la creadora de *Serial* en Hulu, en uno de los episodios de Colbert que pongo cuando me entra la nostalgia. Me dio con chequearlo porque no tenía N.P.I.‡ de lo que eran los

---

* Capacidad de toda mujer de sentir algo indescriptible, una vez al mes; enigma sin fin de la lengua española.

† Síndrome sufrido por los más pariseros, o ratones de discoteca; conocido en ingles como el estrés causado por el double or triple booking; talento de algunos seres elegidos para ser populares; típico de quienes no se pierden ni la apertura de un sobre.

‡ Ni Puta Idea (por sus siglas en español); sustantivo favorito de todo español.

podcasts. Me sonaba como algo así bien hipster*. Yamila siempre dice que yo soy una *vintage* hipster. ¡Qué maricona es! ¡Yo me baño! *Anyway*, el punto es que me raspé la serie completa de *Serial* en cuestión de veinticuatro horas y al otro día no me despertó ni el médico chino, como dice mami. Llegué tarde al trabajo y to'. ¡Ay, Virgen del Verbo! Siempre me he preguntado si va en mayúsculas cuando estoy hablando de la virgen María. Pero ese no es el punto. El punto es que me hookeó a un nivel que no dormí hasta llegar a la *finale*. Lo mismo me pasó cuando vi *24* por primera vez. Un día, mi hermana me pidió que la acompañara al car wash —yo creo que lo hizo para que me despegara de la compu por un minuto—. Mientras esperábamos el carro, saqué mi laptop de la cartera como quien no quiere la cosa, con toda mi parsimonia, y me dispuse a ver el episodio 5 del Season 4 frente a todo el mundo. Mi pobre hermana me miró y me dijo: "Nena, tienes que chequearte. Lo tuyo ya es patológico".

Obvio que llevo quince años yendo a mi sicóloga. La pobre un día me dijo que quizás no hay nada más que ella pueda hacer por mí. Fue súper duro oír esto. Pero me ayudó a darme cuenta de que nadie, por más diplomas ni paciencia que tenga, puede resolver un problema que viene de las

---

* Seres desaliñados que intentan a toda costa no bañarse a diario pero no lo logran. Los ocupas de Brooklyn. Se reproducen como los Gremlins al toque del agua.

entrañas. O de los "celos pasmaos" como dice Yamila. O de la cartera de mi mamá.

Zulma, por ejemplo, lleva diez años yendo a terapia de pareja. Cuando me lo confesó por poco me atraganto con la margarita de tamarindo que me estaba dando con ella aquel verano cuando por fin le dio la gana de venir a visitarme a Brooklyn, porque esa no sale de Manhattan ni que le paguen. Me sorprendió muchísimo su historia porque ella es la yo-no-fui del grupo. La aquí-no-pasó-nada. La calladita-te-ves-más-bonita. Nunca cuenta sus historias como Victoria, que siempre está con el tango pegao. ¡Tenía que ser argentina! Por eso creo que Zulma y Victoria no son tan amigas. Linda dice que es porque "la corrección que Zulma vino a hacer en esta vida" es aprender a hacer paz con la confrontación. Y que Victoria vino a aprender que no todo el mundo gira entorno a ella y que *when there is ego, there is no* amigo". Esta Linda sabe como loco.

Mi corrección, por otra parte, es aprender a soltar. "*You have to let go*", me cantaletea mi brujita siempre. A veces me desvelo pensando qué habré hecho yo en otra vida pa' merecerme esto . . . La teoría de Elisa es que fui muy puta en la vida anterior y por eso ahora los hombres ni se me pegan. Confieso que cuando algo o alguien me gusta o me siento cómoda en alguna situación —conste que siempre he sido el *misfit* de mi casa— me aferro.

Después de que mi marido me dejó, me enamoré perdidamente de un extraño. Como que, literalmente. En uno de mis viajecitos de wikén a Miami, resulta que me fui a beber con unas amigas españolas —María incluida— y ¡zas! . . . que la moral se me distrajo. Se llamaba Paco Pepe, el científico. Y lo nuestro duró "lo que duran dos peces de hielo en un *whiskey on the rocks*", como dice Sabina. Pero fue intenso. Al menos en mi mente obsesiva lo fue.

Nada peor para una mujer con muchas ganas de tener marido que conocer a uno que sea el casi ganador. O sea, ese que tiene 9.999 de los 10.000 atributos que buscamos y nos hace creer que es el que es. Yamila prefiere referirse a estos como los "destacados del montón". Porque dice que se diferencian de los demás, los del montón, pero siguen siendo, en el fondo, más de lo mismo. Mi Paquito lo tenía casi todo. Y el *casi* fue lo que jodió todo.

Nunca he trabajado tanto como cuando salía con Paco Pepe. Después de infinitas horas chateando con El Asexual, como prefiere llamarlo Elisa a modo de apoyo, me iba a mi casa a planificar mi próxima escapada a Miami para poder verlo. Gracias a su trabajo, el cual jamás logré comprender, dicho sea de paso, vivía en Zurich cuando lo conocí. Yo, cual #divasilente, me encontraba con él en cuanto recoveco pudiera, al menos una vez por mes. Ah . . . ¡la vida del *jet set*, carajo! El rollo es que entre col y col, se me fueron ocho años de mi vida de soltera con esta jodedera que ni pa'lante ni pa'trás.

Un día de primavera —que según Victoria es "cuando los hombres sacan pelotas para dejarla a una"— Paco Pepe me dejó. Me mandó un *emailcito* bien chévere de esos que ojalá se pudiese meter por el culo mientras un toro lo folla. ¡Ay Virgen, tengo que hacer cita con Doña Susana y que me escupa en la cara y me haga *cupping* porque este coraje va acabar conmigo y debo tener el pulso en la garganta a estas alturas! Su email leía así:

---

13 de febrero de 2007
Asunto: perdido entre mayusculas, dioses y almas
Hora: 5:42 a.m. (hora suiza)

guapa: es con infinita pena que debo decirte que hasta aqui hemos llegado. si es que el alma existiese y dios fuese el creador de este universo, te diria que te deseo que dios te bendiga y esto no duele en el alma. pero la verdad, no estoy seguro de creer en estas chorradas. por ende, prefiero atenerme a las leyes de gravedad y decir: todo lo que baja, también sube. y si las letras mayusculas y los acentos también existiesen, escribiria tu nombre todo en *caps* porque eres una grande. que no hay muchas tias como tu en esta estratosfera, eh? pero igual me apetece conocer a alguna mas gilipollas quizas, que este mas tocada que yo y que hable de ciencia y matematicas mejor que de sentimientos. estas mejor sin mi y yo sin ti. besitos. besitos. besitos. pd vaya con dios.

¡¡¡Pero tú me quieres volver loca a míííííííííííííí!!! Linda rápido tuvo que meterse a Skype y hablarme porque estaba que prendía de medio maniguetazo*. Digo, ya para este punto yo sabía que esto no iba pa' ningún lao, pero una cosa es llamar al demonio y otra es que se te meta en la casa, por la ventana y se coja un *nap* con tu almohada. "WTF!!! :-(", puse en el texto que le mandé de vuelta al recibir su *emailcito*. Paquito y yo teníamos la costumbre de mandarnos caritas que describiesen lo que sentíamos al momento del mensaje. Ahora que lo pienso, estábamos bien *trendy* porque esto fue mucho antes de que salieran los *emojis* del demonio. Pero como siempre me han fascinado los paréntesis, pues los usábamos como boquitas. Nunca más supe de él.

El año pasado, como parte de mis resoluciones de año nuevo, hice el compromiso de olvidarlo. Para ello, prometí sólo mencionarlo una vez por semana en mi cita con la sicóloga. Ella estuvo de acuerdo rapidito. El segundo compromiso fue perdonarme por haberlos escogido a él y a Carlos. Este puede que tarde unos añitos más, pero al menos ya lo metí en la listita. El tercero . . . aceptar mi responsabilidad en este desastre amoroso que es mi vida y prender velitas rosadas como hace Cecilia, para atraer el amor a mi casa. El cuarto es comprender que lo que está pa' uno es, y si

---

* Capacidad que tienen algunas féminas de explotar al mínimo contacto; volar en cantos del coraje; temperamento a la Tony Montana: you fuck with me, you fuck with the best.

no es, se irá, y si se va se lo lleva el viento, y si no vuelve, nunca lo fue. ¡Ay, qué reguero! Y el quinto quizás sea el más difícil de todos: no darme tanto palo, como dice Astrid. Porque al final del cuento, sobreviví el abandono imaginario de mami, el trauma de tener pantis rotos en el momento del accidente, las canciones maquiavélicas antes de llegar a casa... Es verdad que no es fácil la vida en el trópico.

CAPÍTULO 4

#ASTRID

Ojalá todo el mundo pudiese tener un mismo nivel de conciencia. Habría paz mundial. O por lo menos no tendría que explicarme tanto. Como estoy convencida de que elegimos a nuestros padres antes de venir al mundo, doy gracias al universo por ser colombiana. Mi país no es un sitio del cual me sienta cien por ciento orgullosa. Especialmente, cuando tengo que llevar cuchicientosmil documentos encima para pasar por las aduanas del mundo. Pero llevo a Colombia en cada partícula de mi cuerpo energético. Y en mis entrañas, como dice la tía Paula.

Si las paredes de mi casa en Bogotá hablaran, mi historia sería distinta. Mi familia está medio loca, si la miras con un ojo, claro está. Mi abuelita Lita nació en el campo, en tierra fría. Acostumbrada a lavarle los calzoncillos hasta al vecino y a que sus hermanos no dieran un tajo ni en defensa propia, cocinaba día y noche desde que tenía más o menos cinco añitos. Jamás la escuché quejarse. Pero sé que su corazón dolía y mucho. Tanta rabia no cabría en un cuerpo de un metro y medio de otra manera. Es que el coraje no es más que un montón de dolor no procesado. Era muy, muy brava mi pobre abuela . . .

Cuando cumplí once años le dije: "Abuelita Lita, lo he pensado bien y creo que nunca me casaré. Conviviré con mi marido, como Camila la vecina del lado". Acto seguido, la madre que parió a mi madre agarró su teléfono color celeste, de esos de ruedita, y se escuchó un: "¡Ay, gran poder de Dios! ¡Ay, qué pecao! Usté saque a su hija del colegio hoy mismo y póngala en escuela pública ya. La malparía dice que no se va a casar porque prefiere convivir. ¡Tanto dinero gastado en el mejor colegio católico de Bogotá! Ay, qué pesar . . . Cómo así . . . Tenaz esta niña, vea pues, muy tenaz".

Para Lita la educación era la clave del éxito. La mano del hombre, sin embargo, era puro veneno. La desgracia para cualquier mujer. No en balde su película favorita de todos los tiempos era *"Malditos sean los hombres"*, estelarizada por el mismísimo Alejandro Galindo. Frases como "lo que el hombre toca, el hombre daña", "mi desgracia tiene nombre y apellido: Juan Jaramillo", "la falta de hombre rejuvenece", y su evidente empute* con la raza masculina, hicieron que todos los nietos, treinta y cuatro en total para ser exactos, la denomináramos "la virgen reciclada", y por decisión unánime. Lita pasó los últimos cuarenta años de su vida sin tirar ni de la puerta de entrada.

Claro que tener la dicha de criarse entre feministas sin causa puede tener grandes repercusiones en una niña que ya de por sí no encajaba con la alta sociedad de la capital. Yo no nací con el pelo de Danna García y en mi paraíso sí que no hay muchas tetas. Más bien soy una mezcla amorfa. Tengo la cara alargada, los pechos ausentes y el mono del jean, el overol y la chaqueta de Andrea Echeverri. El color de piel, la ninfa y la boca de grana de Joe Arroyo. Mis risos y mi obsesión silente por el *tropipop* y el parche se las debo a Carlos Vives, sin embargo. Y estas caderas de esas de las del vídeo de "My Hips Don't Lie" se las achaco a Shakira. María dice que es que tengo cuerpo de pera. Yo digo que tengo el culo verraco de mi madre que he logrado domar gracias al Yogui Shaba y a las innumerables horas de *sun salutations*.

Nada, que nunca he encajado en el molde de las chicas de alta sociedad ni jodiendo. Cuando me mudé a los estéits me comía un promedio de 3,7 *bagels* a la semana. Claro que mi nivel de conciencia era otro. Además mi novio gringo

---

* Un gran coraje en colombiano. Dolor no procesado en yogui.

tragaba como si le hubiese llegado un CNN alert al celular diciendo que Monsanto cesaría operaciones en Estados
Unidos de una. O como si ilegalizaran el consumo del *corn
syrup* ese que tanto le gustaba. ¡Ay, pero eso sí, mi gringo
tiraba deli! El mejor sexo de mi vida, sin duda razonable.
Alex era un hombre de corazón noble y arrechera intermi-
nable. Y tenía la verga color rosa viejo. Cuando se lo conté
a Martita me explicó su teoría de que todos los hombres
boricuas tienen el bicho marrón. Así sean blancos. ¡Qué
risa! En su neurosis neoyorquina (valga la redundancia), la
pobre tiene unas cosas que te hacen reír por no llorar. Y no
puedo negar que me fascina cómo ese acento caribeño tan
dulce se me ha ido pegando con el tiempo. Ahora cuando
viajo a Bogotá me dicen que me puertorriqueñicé.

Siempre pienso en Martita cuando estoy cocinando.
Come demasiado pollo con *biscuits* y *gravy*. Le vendría muy
bien hacerse macrobiótica. Sobretodo porque es tenaz tratar de ir de *brunch* con ella los domingos. Pero como este es
mi año del agradecimiento (2015 fue el del perdón), medito
todas las mañanas para que mi amiga boricua pueda calmar su espíritu, balancear los chakras y controlar su compulsión por el dulce. No la juzgo, pero es que cuando uno
sobrevive para contar sobre la anorexia, siente el deber de
evitar que los amigos caigan en la trampa del maldito *ner-
vous eating.* "Ay, nena, a mí esa comida fría no me gusta.
¿Pero puedo comer lechón asao'? ¡Ay, virgen santa! ¿Pero
tú me has visto? Yo no soy Madonna. Y me encantan los

huevos y las margaritas. Y los pastelillitos de guayaba y los sangüichitos de mezcla*", me repite Martita cada vez que me deja un voice mail con quejas, de esos kilométricos que ella solo sabe dejar. "Nooo, marica, tienes que venir a la médica china conmigo para que te hagan la evaluación. Es que comes demasiado ying. Y a los géminis les hace falta más yang en la dieta. Deberías hacer el ayuno de *brown rice*†".

Un día estábamos mamando gallo en Brooklyn y me confesó que desde que perdió a su bebé no ha vuelto a ser la misma. La entiendo. La entiendo más de lo que quisiera. No he perdido un hijo nunca. De hecho no creo que quiera ser mamá. Pero sí he perdido. Mucho. Muchas veces. Mi maestro de *theta healing*‡ dice que son creencias de mis vidas pasadas que debo cancelar porque no me pertenecen a mí, sino a mis antepasados. Que he sido un monje budista en

---

* Sándwiches puertorriqueños infaltables en cada party de marquesina.
   1 lata de jamonilla (luncheon meat)
   1 frasco de Cheez Whiz
   3 onzas de queso cheddar en cubitos (opcional)
   ½ pimiento morrón o a tu gusto
   1 libra de pan para sángüiches (del que más engorde)
   1 cucharadita de leche o del caldito del pimiento
† Acto seguido a los sángüichitos de mezcla si se intenta vivir hasta los sesenta años al menos.
‡ Técnica sanadora del cuerpo y la mente que usa el flujo energético en todas las cosas para producir un cambio instantáneo y permanente a nivel celular. Cualquier parecido con la palabra teta es pura coincidencia. En serio.

mi tercera vida más reciente y que maté a uno de mis maridos en la segunda. Reconozco que esta última declaración me dejó pensando mucho en mi matrimonio en esta vida. Que ganas no me han faltado de matar al güevón de Alex por haber sido tan desconsiderado y egoísta en todo el proceso. Es cierto que cada cual ama según quiere que lo amen. Pero el problema de Alex era muy muy gordo. Tenía la moral distraída. Y un nivel de conciencia bastante pordebajeado.

El día que supe que mi matrimonio había terminado me encerré en el baño por casi siete horas. En parte porque no quería que Alex me mirara a la cara y me convenciera de que no era tan hijoeputa como yo pensaba. Si algún talento tiene mi ex, a quien prefiero llamar "aquel", es el de confundir al más lindo. Si no fuera por la llamada de María, seguro que me hubiese quedado allí, en esa situación abusiva y estresante que acabó con mi paz.

Cuando recuerdo esos días no puedo evitar ponerme brava. Linda dice que no es cierto que nadie nos quita la paz. Tampoco nadie nos la da, según ella. Que el sufrimiento tiene límite pero que lo ponemos nosotros mismos. La más zen de mis amigas también piensa que debí haber entregado a Alex al *Karma Bank** hace rato. Que le debo mi soltería involuntaria a mi terquedad y que La Bruja le

---

* Depósito por excelencia de las causas perdidas. Con interés al anual del 568%. Hijos de puta: mejor quédense con su cuenta corriente.

dijo que tendré todo lo que quiero cuando a mí me de "la ganita".

Puede que Linda tenga razón. Y que La Bruja esté en lo cierto. Pero cuando los pulmones duelen (porque es allí donde se procesan la tristeza y la melancolía verdaderamente, y no en el corazón), es muy duro ver claro. Tomar decisiones, así sea si comer pescado o sopa, duele en lo más profundo de los riñones y del hígado (donde se procesan el miedo y la ira, respectivamente).

Han pasado cinco años ya desde aquel 21 de diciembre, y tres años y seis meses desde mi laparoscopia. Mi médica china adjudica la deficiencia de mi bazo a mi exceso de reflexión sobre mi divorcio. Dice que es ahí donde se procesan algunas facultades intelectuales, según aprendió en el instituto en el norte de China. Que el bazo es un órgano que no tiene que ver con las emociones pero sí con el manejo de las mismas de un modo más cerebral, más lógico.

Gladys piensa que yo lo que necesito es comprar un gato. ¡Digo!, adoptar un gato. Si me escucha decir la palabra "comprar" creo que le dan tres ataques y del tiro se le estira el pelo crespo estilo *chia pet*, de una. Nada la emputa más que la comercialización de los animalitos. Yo pienso que en el fondo no le caigo tan bien. Antes me preocupaba muchísimo esto pero, desde que soy divorciada, nada tiene tanta importancia. Si hay algo que da la pérdida que no lo da ninguna otra experiencia de vida, es perspectiva. Lo delicado del tema es cuando todo pasa de ser chévere a ser un pesar. Lo lindo se pone más feo que un dolor. Lo feo se hace invisible. Lo triste pasa a ser el pan nuestro de cada día. Y el pan de bono ya no sabe a gloria. De pérdida Gladys sí que no sabe nada. Quizás por eso no me entiende. Me juzga. Pero dice que quien juzga a todo el mundo soy yo. ¡Oh, proyección . . . divino tesoro!

Confieso que a veces medito por ella y le pido a mis maestros que las metan a ella y a Victoria en una lavadora de cerebros con un litro de Fan Progress con sistema blanqueador* (anuncio no pagado) para que se les quite la tragicomedia ya de una vez. Victoria con que es madre y madre solo hay una y esa una es ella en todo el mundo y nadie más, ¡la verdad se pasa! Es la víctima por excelencia y la más pasivo-agresiva sin duda razonable. Gladys al menos es hippie y se baña menos. Ahí conectamos. Porque debo confesar que siento fascinación por las personas que no se bañan todos los días. Una vez, fuimos a una fiesta María y yo cuando estuvo de visita en Nueva York y la pobre me decía:

—Tía, aquí todo el mundo parece familia. Como que lucen iguales. La ropa, el pelo, la actitud . . . Superrraro esto, tía. Superrraro —me repetía bastante mosqueada.

—Son hipsters, María. Son hipsters —le dije.

—Uff, pues un buen manguerazo de la hostia sí que les

---

* Detergente en polvo con lejía en España. Ariel en Puerto Rico. Blanqueador que intenta borrar las manchas permanentemente. Y la mala leche también.

pegaría. ¡Que ni los gitanos! Yo flipo, tía. —exclamó mientras se alejaba de la casa ocupa.

Y yo que cuando llegué a la fiesta me decía a mí misma: "¡Qué buen plan, Astrid. Qué buen plan!". Con estas amigas mías nunca se sabe . . .

El irresistible cuerpo tropical de Yamila sí que me afectó un poco en tiempos de guerra. Es que lo menos que uno quiere ver es a alguien que se profese completamente feliz, con una vida más balanceada que la de los Wallenda, y encima con una capacidad de derretir al más churro* (¡sin chocolate!). Es la chica perfecta. Ingenua por demás, pero linda y de buenas intenciones. Su presencia siempre me da alegría, pero reconozco que en aquellos días me causaba más estrés. También porque es muy preguntona. Que si por qué lo dejé, que si Alex es raro, que si cuánto dinero me dejó, que si por qué no tuvimos hijos, que si me quedaba con el cuchillo y los trastos de cocina o si se los dejaba, que si fue culpa del aguardiente, que si me estaba convirtiendo en mi abuela Lita, que si me gustan más las mujeres y que por qué no le daba un chance a Elisa. "Ay Virgen del Verbo. ¡Esta Yamila tiene cosas de no criarse!", me decía Martita en otro de sus mensajes interminables que en el fondo nunca borro de mi teléfono porque me hacen reír cuando estoy

---

* Dícese de aquellos hombres colombianos que poseen el don de estar más buenos que el pan. Literal: dulces que se mojan en chocolate hirviendo quemapaladares, disponibles en el No. 5 del Pasadizo San Ginés en Madrid.

depre. "Habráse visto cosa igual, nena. Pero y de dónde se sacó que eres lesbiana. ¡Si un bicho no te dio la felicidad, te la van a dar diez deos! Ay, la dominiqui está más tostá que el pan de agua viejo que compra mami en el Amigo", decía sin respirar mi boricua favorita.

No es lo mismo llamar al demonio que verlo llegar. Elisa, la "loca certificada" como se autodenomina, está tan amarga que si chupa un limón, el limón es quien pone cara. Fea no es, conste. Pero tiene una energía tan cargada que las pocas veces que la veo tengo que irme a casa a despojarme con un baño de miel, flores blancas y agua florida, y a hacerme dos horas de Reiki y cuatro de *tetha healing*, seguidas de 158 largos "ooooooooommms".

Una de mis grandes virtudes es la compasión. La paciencia, sin embargo, es más bien una destreza que aún no logro conquistar por completo. Es más bien don de los elegidos. Y a quien no le gusta el caldo . . . le dan un buen arroz en bajito.

Así fue como me dio con bloguear. Total, todo el mundo me dice que escribo bonito . . . Mi primer post fue postdivorcio. Un año después de haberme operado del bazo, parece que recuperé la capacidad de reflexionar y Wordpress se convirtió en mi mejor amigo. ¡Ana Frank es una culicagada al lado mío! Mi primera víctima fue Anthony. Un hombre más lento que una caravana de cojos entre plena carrera 7 y la 11, en la avenida Circunvalar en hora pico. Lo bueno es que hablaba buen español. Como la honestidad me puede, y a sugerencias de Zulma (nota a mí misma: recordar que los pulmones de Zulma son impenetrables. La pobre es medio cuadrapléjica emocionalmente), decidí enviarle un email con el cuentito en cuestión. El cual escribí al ritmo de "Meeeeeemooooorieeeeeesss" con la Streisand de fondillo musical, punto y seguido.

---

25 de mayo de 2012
Asunto: The story of us . . .
Hora: 4:30 a.m.

Quiubo, querido "Arroz-en-bajito":
   A fuego lento. Suavecito. Sin prisa, pero sin pausa.
Como ese rico arrocito que me hacía mi abuelita Lita,
que en paz descanse. Así es Anthony. Así va por la vida.

—*I'm gonna write a book soon. I'll call it: How to Chill. For Real!* —me dijo el chico una tarde lluviosa en Brooklyn.

—*If you chill a little bit more, you'll freeze* —le respondí con este sarcasmo malévolo que Dios me dio.

Es que la capacidad que tiene este ser humano de no hacer nada es impresionante. Más bien, acojonante, como dice María. O sea, es de esos que matan a cuchillito de palo, con una sonrisa hermosa en los labios y ojitos de yo-no-fui. Simplemente, el alma no se le pasea por el cuerpo porque eso suena demasiado complicado.

Conste que no es un ningún vago, ¿eh? Trabaja largas horas y ama lo que hace. Pero cuando pone el culo en su *couch*, ¡no lo levanta ni mi médica china! Ama los video-juegos, el fútbol, la cerveza y las tetas. (No necesariamente en ese orden).

Pero tal vez lo más interesante de este personaje es que llegó a mi vida como de sorpresa. Bueno, ni tanto, porque nos conocimos *online*. Pero, como todavía la diva que habita en mí no puede encontrar el romanticismo en estos *dating sites*, supongamos que nos conocimos pajareando, por ahí. Porque me da la gana. Anthony es un tipo feliz.

"I don't talk much, but I see things", me confesó un día como quien no quiere la cosa. *"If you're gonna cheat, you gotta do it right"*, añadió el muy caripelado. *"No worries, Ant, you'd be the first one to know"*, arremetí sin piedad. *"You're in twelve channels at a time, and yet you're so centered"*, me dijo a modo de halago un día. *"If it doesn't work with John, call me back"*, comentó el día que lo dejé, por primera vez. *"You still need three pairs of boobs. I only want one penis. Timing is a bitch"*, respondí el día que él me dejó, por primera vez.

Un arroz con pollo, pero en bajito. *Maybe that's the beauty of it!* Este hombre me ha hecho cuestionar cosas que jamás había imaginado siquiera pensar. Me ha sacado de mi zona de confort. Y eso es lo más paradójico de todo. *"Mr. Comfort 2012 takes me out of MY comfort zone."* ¡Momento Macondo total del amor!

Remontémonos al verano pasado. Andaba yo cual cabra de monte alto en tierra fría y divorciada, conociendo a tres tipos por hora, de lo más campante, entre *online* y *offline*. Anthony fue el segundo churro que conocí en ese gran invento de la raza humana que llaman zoosk.com (anuncio no pagado). Un par de emails más tarde, el cague de risa en un bar de esquina se hacía inminente.

—*I'd like to see you again* — dijo al despedirme en la boca del *subway*.

—*Sure. I have friends in town this week, but let's play it by ear* —respondió mi mejor amiga, la zorra.

Cuatro o cinco dates más tarde, llegó el gran día. El día en que lo dejé por otro. "*I'm gonna do the one thing women never do and the reason why there are so many fucked up guys out there: I'm letting you go. I met someone else and I couldn't resist sleeping with him. Sorry, it was just too intense. You're not crazy, though. We do have a special thing going on here. It's just that I don't want to be with two at a time. I've changed, I guess*", despepitó la contraparte de mi amiga la zorra, mejor conocida como la Madre Teresa de Calcuta, quien también habita en mí de cuando en vez. "Que la Madre Teresa ya ha muerto. ¡Joder con tu síndrome, tía!", me dice María siempre que me entra el S.I.D.A. (Síndrome de Idiotez Deliberadamente Adquirido).

Long story short (a propósito, odio cuando la gente dice esto como *disclaimer*. Nunca es cierto. Es más, el 95,5%

de las veces, son monólogos kilométricos. Una longa, *as in* longaniza), unos ocho meses más tarde, la zorra y la Madre Teresa harían las paces. *"Would you still have a drink with me sometime?"*, decía el *text* que le mandé aquella noche de invierno. *"Anytime"*, leía su mensajito, un poco al ritmo de "Soy un buen perdedor", que sonaba de fondillo musical en mi apartamentito de soltera. El pobre Franco de Vita ya estaba ronco de tanto que repetí la canción.

Nuestro segundo intento fue lindo. Lleno de momentos tiernos, sexo, baños con espuma, cenas, playa y campo, hamacas y sesiones de Reiki. Y silencio. Mucho silencio. Sobre todo porque mi corazón todavía dolía. Y mucho. Él lo sabía. Me veía llorar y me abrazaba. Mi querido Ant me dio la compañía que necesitaba. La paz que pedía a gritos. Era lo único que podía soportar luego de los estragos causados por el terremoto de 15,9 grados en la escala de Richter, mejor conocido como John; el hombre más intenso que madre ha parido.

Con su corazón noble, su dulzura, su sonrisa, sus chistes mongos, su mirada compasiva, a la vez sexy, su peinado de El Puma, y su culo musculoso (casi perfecto) Anthony se me fue metiendo en el corazón cual gusanito. Cual arroz-en-bajito. O sea, ni cuenta me di. Yo, la feliz poseedora del *copyright* de la filosofía de vida: "Si no puedes convencerlos, confúndelos", caí en su trampa. "Me va cabrón", me repetía al espejo mientras le dejaba recoger cada pedacito de mi escombroso corazón.

Ahora que lo pienso, ¡la confusión está clara! Dicen que el universo es perfecto, que lo que es tuyo fue y si no lo es será y si no, volverá si lo fue (o algo así), que todo tiene razón de ser y que camarón que se duerme, felices los tres. Quizás Ant era lo que necesitaba. *"Mr. Right is the one who's right there"*, me aconsejó mi sicóloga, a quien llamo cariñosamente *"God"*.

—*I still need more, Ant. I like you very much. I enjoy us, but I still need more* —le solté una tarde de primavera en un bar de esquina.

—*What do you need?* —contestó el hijoeputa, como si fuera una opción que siguiéramos juntos.

—*I need more passion* —dije.

—*You need commitment* —aclaró él—. *Call your FRIEND and cancel your dinner plans. You're not going anywhere* —¡No es ningún boludo!—. *You'd have to throw me to the wolves* —añadió.

Una semana después, la tortilla se volvía a virar. ¿Alguna vez has tratado de virar una tortilla cinco veces (en tres minutos) sin que se rompa en pedazos? ¡Vaya putada! Ahora era él quien no estaba seguro de poder estar en una relación. Conmigo. (NOTA PARA MUJERES: Aprovecho este medio para aclarar que cuando un hombre dice que no está *"ready"* es imperativo preguntar *"ready* para mí o para la población femenina de los Estados Unidos?" —o cualquiera que sea tu país de residencia—).

"Nobody is breaking up with anybody", me dijo tres

minutos y medio más tarde. Dos meses después, otro virón de tortilla y ¡zas!, que lo dejé yo de nuevo. Esta vez no me creyó. Hasta que con el paso de los días vio que ya no regresaba. Yo, de lo más cool, relajadísima y cooperando, como dice Cecilia, me fui como si nada. "Nena, si todos los *breakups* fueran así, sería un mamey", me dijo Martita cuando le conté. Dichosa andaba por las calles de Nueva York. Hasta conocí a otro marchante de lo más guapo. Claro que duró menos que caramelo en puerta de colegio, pero me distrajo. "Divide y vencerás", me recordó Zulma.

Un mes después, tras varios intentos de parte de Ant para que nos viéramos "*on a friendly basis*", me fui a España. A la boda de mi versión española, Conchita. Aprovechando el solecito del verano infernal, me fui al sur. Quizás porque escuché por ahí que para hacer bien el amor hay que venir al sur. Quizás porque necesitaba estar sola. El mar y yo . . . Una combinación fútil. O al menos eso creía yo. A la hora y media de estar allí, en El Palmar, con el viento revoloteando mis cabellos recién picoteados, conocí al curita de mi pueblo. Bueno, más bien lo descubrí. Porque ya lo conocía. Se llama Anthony.

"*Miss you in NYC. I guess it's normal. Miss you in Spain. I guess that's NOT!*", leía el text que le envié un "*aha moment*" más tarde. "*You have to decide. It's all up to you, sexy* chica", (su técnica baja-calzones por predilección) decía su último *text*. ¡Cagamos! "Huele a peligro", pensé.

A mi regreso, nos vimos. Y fue como si el tiempo no hubiese pasado. Como si no lo hubiese visto con una chica *nobody* en una playa, semanas antes. Como si tuviese sentido estar juntos. Como si valiese la pena.

—*What do you want?* —preguntó por enésima vez.

—*I want to give this a shot* —dije.

—*I'm interested* —ripostó.

—*There's one rule: just you and me* —le despepité.

—*I'm still interested* —finalizó al tiempo que mis calzones salían volando, haciendo escala en tierra caliente, con billete de ida solamente. Todo es bello.

Todo ERA bello. Pasaron diez días y por poco tengo que darme un viajecito al Registro Demográfico de Bogotá para cambiarle el nombre a Anthony. "Algo así como 'pedazo de Hijodelagran Que Lo Recontramil Parió Smith' me vale", pensé. Al muy malparío le dio con desaparecerse. Así, como si nada.

Como eso de sentarme a hornear galletitas de jengibre no es ni será jamás lo mío, me dispuse a agarrar el puto teléfono y lo llamé. De esa genial conversación surgieron dos *nobodies* más. Si les digo . . . en este caso, unas visitantes que ya estaban invitadas a compartir unos lindos fines de semana veraniegos desde que se me ocurrió la brillante idea de voltear la tortilla por quinta vez.

El silencio tenía nombre y apellido, como decía abuela Lita. Menos mal que siempre he sabido que hasta el silencio tiene voz . . . ¿Y ahora quién nos saca de este lío? El Chapulín Colorado será. O la madre que lo malparió. Me da igual. Ahora sólo queda soltar y que el universo, ya que se cree perfecto, decida. Y como cuando dijeron 'la gente que quiera paciencia, al agua', ya yo estaba cambiada, seca y pasándome el secador porque tardaron demasiado en dar el anuncio, ajo y agua. A joderme y aguantarme, como dice María.

Por eso, como a mi alma capricorniana le fascinan las listas, especialmente cuando ando de boba, aquí van algunas de las preguntas (y respuestas) que he formulado en mi inmensa cabeza hueca, sobre lo que ha pasado con Anthony. Y sobre lo que pasará. Y sobre lo que no ha pasado también, que para eso porto estrógeno en este cuerpo colombiano que Dios me dio.

Pregúntome:

1. ¿A qué temperatura el arroz-en-bajito no se queda crudo?
2. ¿Quiero comer arroz crudo?
3. ¿Con palitos o con tenedor?
4. ¿Cuántos huevos se necesitan para hacer una tortilla indestructible? ¿Puede ser vegana?
5. ¿Cuántas 'visitantes' necesita un judío para *convertirse*?
6. ¿Cuántos pares de tetas son demasiados?

7. ¿Cuán finita es la línea entre ser *open-minded* y *no-sea-boba**?

8. ¿Cuántas veces habré entrado yo al club de las *"nobodies"* en mi vida?

9. ¿Dónde darán cursos intensivos de veinticuatro horas de horneo de galletitas en Nueva York?

10. ¿Qué tiene Ant que no tengan los demás?

Respóndome:

1. El temita no es la temperatura sino el tiempo de cocción.

2. Lo prefiero risotto.

3. Da igual cuando se juntan el hambre con la necesidad. La necesidad, llevando la delantera.

4. MANDA MUCHOS HUEVOS. ¡MUCHOS, GÜEVÓN!

5. Tres.

6. Seis, valga la redundancia.

7. Invisible, más bien. De esas entrecortadas tan ladillosas.

8. Dos docenas y media. Calculo. Mínimo.

9. Visita zoosk.com.

10. *He feels like home.* Y esto no se puede traducir.

---

* Interjección colombiana sinónimo de imbécil, tonta, idiota. Boluda en argentino. Pendeja y medio en puertorriqueño. Gilipollas en España.

Ahora, mientras el hacha va y viene, y con suerte agarra tres pares de tetas tipo *nobodies* en el proceso, he optado por comprarme un *slow cooker* mientras comienza mi curso de otoño Galletitas 101. Quizás al que no le guste el caldo, ¡le dan una rica tortilla indestructible!

Eso sí, pase lo que pase, ya me sé de memoria que las cosas buenas toman tiempo. Porque al final del cuento, literalmente, en el corazón no controlamos ni mierda. Total, hasta mi querido arroz-en-bajito (versión colombiana de las relaciones *"it's complicated"* estilo "sí pero no") se puede ahumar si se deja mucho rato . . .

Te quiero, Ant. Vaya con Dios. Ast.

• • • • • • • • • • •

CAPÍTULO 5

#GLADYS

Todos los días deberían ser 25 de abril. Es verdad que siempre he pensado que la edad es una estado circunstancial de la mente, pero me han caído los años encima. Me doy cuenta cada vez que me toca ir *topless* o cuando salgo a correr y tengo que usar un *sports bra* porque sino las tetas me brincan como un yoyó de lado a lado, pa'rriba y pa'bajo. La puta gravedad ha hecho escante* con mis nenas y no es chiste.

Creo que por eso recuerdo aquel día de primavera con tanta pasión de ánimo, como dice Martita. Mami dice que actúo como una nena de quince. Cuando tenía treinta años

---

* Fuera de control en boricua. Sinónimo de revolú y al garete. Quilombo en argentino. Despingue en cubano.

me molestaba tanto ese comentario . . . ahora le suplico que me lo repita cada vez que voy a visitarla a Ponce. Pero, ¡ey!, ¿a quién quiero engañar? Este año cumplo cuarenta y cinco, las tetas siguen chorreando y mi Super Bro (como lo llaman las nenas) sólo quiere meter mano tres veces al día. Los treinta y cinco le han dado más duro a él que los cuarenta y cinco a mí. WTF!

A veces quisiera que volviéramos a vivir en la playa. Allí todo era más cool. Es verdad que hacía un calor infernal en agosto y que los mosquitos eran más malos que Caín. Pero mi naturaleza hippie gozaba de libertinaje absoluto, valga la redundancia. Y yo creo que al jevo le gustaba más también aunque no lo admita.

Soy una mujer feliz. Bueno, soy feliz hoy porque mi sueño se hizo realidad. Pero conste que llevaba 1.462 noches soñando, ¿eh? "Que si me quiere, que si me ama, que si va a dejar a la china, que si me lo llevo a mi viaje del *midlife crisis*, que si vendrá para mi cumpleaños, que si mi mamá comprenderá que no somos "*the marrying kind*", que si me pedirá que me mude con él o se mudará conmigo, que si le doy un ultimátum ya, que si dará el próximo paso . . .".

Tenía más o menos 83.453,5 preguntas en mi peluda cabeza. Dudas que se fueron intensificando y reproduciendo y, claro, en el trayecto fueron pasando cuatro años. Cuando me ponía triste, me daba por escribir en aquella libreta Superior que me robé de mi último trabajo en una agencia de publicidad de mierda, valga la redundancia.

Muchas veces he pensado en traducir todo y enseñárselo al jevo, pero María siempre me recuerda que a los hombres no hay que contárselo todo. Porque igual no lo entienden. O no les importa. O lo usarán en tu contra. No sé si tenga razón, porque ella está un poco jamona y eso la tiene bastante inmamable*, pero igual me gusta siempre escuchar sus consejos porque en el fondo siempre será "The Symbol". Alguien a quien admiro y que me hace sentir más segura de mí misma. No sé por qué, pero algunas mujeres tienen ese efecto en mí. El resto me parecen moronas.

El 25 de abril es mi "*base camp*". Cuando me entra la fragancia†, como dice mami, me remonto a aquellos días en que el color de mi vida cambió. Gracias a mi jevo bello, por supuesto. Estaba de regreso en Puerto Rico, tras haber pasado unas vacaciones forzadas en Reno, valga la redundancia. Mi prima Catherine (se pronuncia Caterín, obviamente) se casaba. ¡Justo lo que me faltaba! A mí, a la prima que nunca había podido encontrar el amor y odiaba las bodas. "Coño, ahora me tengo que ir a la *fucking* boda esta a que toda la familia me diga: 'Nena, ¿pero pa' cuándo lo vas a dejar tú? Ponte pa' tu número que se te va a ir el tren . . .' ", recuerdo que le decía a Yamila vía Hotmail Messenger.

---

* Que está como el salitre: no hay quién le meta mano. Imposible de mamar. Aplicable a todo aquel ser humano impasable.

† Frase popularizada en el Puerto Rico ochentero, gracias a Juanma y Wiwi. Equivalente a una chiripiorca en México. O a una garrotera en el mundo del Chavo del 8.

Los consejos de Yamila siempre eran bien recibidos. Y esta vez, no fue la excepción. "Móntate y no me jodas la existencia", me dijo contundentemente mi dominiqui. Es que para entonces, yo ya estaba amargada y no me había enterado. Nada más triste que llegar a ese punto de apestamiento del cual puede resultar muy difícil salir ileso. Menos mal que siempre hay un amigo cerca dispuesto a decirnos: "Mi'ja, estás que no hay quien te beba el caldo. Relájate y coopera".

Me relajé y cooperé y me monté al dichoso avión rumbo a Nevada. De regreso, más ojerosa que Benicio del Toro (mi Beno, como le digo de cariño), con los pelos frizaos y los *jeans* sucios, conocí a mi negrito. Y mi vida cambió.

A mi regreso del viaje, cuando se lo conté a Linda para que me dijera cómo veía esto "aspectado", me dijo lo más lindo que una amiga le puede decir a una: "Y la mía también. Mi vida también cambió, Gladys. Porque tu historia me ha hecho retomar la fe en el amor. Que sí existen los *happy endings*, que no tienen que involucrar a una asiática necesariamente, ¿o quizás sí? . . .", me dijo ilusionada. O tal vez porque los días de mi alta estarían más cerca. A la pobre la tenía ya en *speed dial* cada vez que se me atoraba un peo en el amor. Y en el desamor también. En el fondo nunca sabré si su alegría se debía a que ya no tendría que escuchar mis quejas kilométricas cada martes, jueves y sábado. Cada semana. Ininterrumpidamente.

Comoquiera que sea, le estaré eternamente agradecida

a Linda. Y también a American Airlines. Y a Ryan Gosling. Gracias a *The Notebook*, la película que hizo llorar al jevo en el avión, donde lo vi por primera vez. Él no paraba de llorar. Y yo no podía con la pavera. "¿Será posible que este tipo de seis pies esté esmelenao* llorando con esta película tan boba?", me repetía una y otra vez. Al aterrizar, unas cuántas horas más tarde, ya habíamos intercambiado teléfonos y sabíamos de qué signo zodiacal era cada cual. Pero no más.

Dave se fue hasta la puerta 8 a tomar su avión rumbo a Curazao. Yo recogí mi maleta y pa' mi casita en la playa. Todavía recuerdo la llamada que le hice a Linda desde mi chistrí, como amorosamente llamaba a mi Toyota bicolor de 1987. Le juraba que había conocido a un gringo "bien *nerd*" pero buena gente. Que no me había gustado para nada, pero que, de alguna manera, había sido el *highlight* de todo el viaje.

Al oírme contar mi propia historia, algo hizo clic. ¡*Boom*! Me acordé de lo que me había dicho La Bruja hacía ya tres años. "El tuyo viene en un avión", aseguró entonces. Vaya, vaya . . . De que la pegó, la pegó. Porque así se desató un gran romance.

El jevo no tardó ni una semana en comunicarse. Lo mejor del mundo fue cuando lo llamé por primera vez. No contestó porque no tenía señal en la isla, pero le dejé men-

---

* Que se suelta la melena para llorar, literalmente. Exageración puertorriqueña para referirse a alguien dramático, valgan las redundancias.

saje. Rápido llamé a Yamila histérica. Juraba que había cometido el peor error de mi vida por desesperá. Ella me consolaba diciendo: "¿Pero sonabas sexy o amigable? ¿Le dijite que tu ta loca por él? ¿Ete fue el tíguere de la oficina?". ¡Qué capacidad de hacer preguntas pendejas tiene la pobre! Pero cómo no quererla . . . si en el fondo es hasta tierna su inocencia. ¡Y ese acento tan santodominguero!

Resulta que el jevo me llamó un día más tarde. Menos mal porque ya estaba al borde del suicidio. Hasta el gato me miraba preocupado mientras me tiraba el maratón de *Bridget Jones Diary* (*again!*) con mantecado de coco sin azúcar en mano. "*You see*? Lo que está pa' ti, está pa' ti", me dijo Linda cuando le conté que me había llamado. ¡Y voluntariamente! ¡Sin necesidad de chantaje emocional ni manipulaciones premeditadas! Porque él nunca alcanzó a escuchar mi mensaje. Así empezamos a dar cháchara por teléfono. Luego por email. Pronto llegaría el Skype a hacer escantes también . . . Todo era maravilloso. Sólo había un pequeño detalle que se interponía. Bueno, dos (en orden de importancia):

Dave vivía en San Francisco y yo en San Juan. *As in Puerto Rico!*

Dave llevaba trece años viviendo con una china.

Nada, que pasaron los meses y sin darnos cuenta, estábamos más envueltos que un pastel de plátano. En un abrir y cerrar de ojos, íbamos de camping juntos a pasar unos días en un conocido festival hippie en el desierto. Muchos han sido los momentos de tensión desde entonces. Las lágrimas y los *PMSes*. Las noches de terapia cibernética y los libros sobre relaciones y *commitment issues* compartidos y, posteriormente, analizados minuciosamente con Linda, Yamila, María y hasta con Elisa, que la pobre también tiene un buen consejo cada año bisiesto. ¡Y las clases de yoga por Skype con Cecilia! Jamás le perdonaré el día que me hizo tener los brazos levantados "en ángulo perfecto de noventa grados" por once minutos. ¡O-N-C-E *fucking* minutos! Y con la lengua por fuera respirando por la boca como un perro. Está loca. Es oficial.

Como por arte de magia, la china desapareció del mapa a los pocos meses. *By the way*, realmente no era china, sino japonesa. Pero como a Yamila y a mí nos da exactamente igual si tiene los ojos pa'rriba o pa'bajo, pues le decimos la china. Cuando esto pasó, recuerdo haber pensado: "*Man!*, mami es tan sabia. Siempre me ha dicho: '"Hija, cuando ellos quieren, ellos quieren. Y hacen lo indecible por estar con uno'". Aunque admito que no es necesariamente el mejor *quote* de mi madre. Nada, repito, NADA puede superar el de: "El que quiere tota, que pague por ella". Conste que mi madre es un ser sumamente civilizado y muy culto. Pero su honestidad (y sabiduría) sobrepasan cualquier nivel educativo, supongo. Y bastante caro que ha tenido que pagar el jevo por la mía. Sólo tenía quince años cuando conoció a la china. Así que poco sabía lo que era estar con una boricua. Y mucho menos, con una mujer diez años mayor, que ya sabe lo que quiere y no tiene tiempo pa' mojonear*.

Siempre he dicho que no existen fórmulas infalibles en el amor. Que lo que me funciona a mí, no tiene por qué funcionarte a ti. Pero a nosotros sí que algo nos funcionó.

Hace dos años se dio el consabido viaje del *midlife crisis* de mis sueños. Y no sólo me lo llevé a Asia por tres meses sino que lo pasamos de show. Y tomamos muchas fotos. Y metimos mano en cada esquina. Pero en ese viaje, Dave aprendió que no estaba listo para vivir 24-7 conmigo. Que no era capaz de dar el dichoso *next step* en la relación. María dice que lloré desconsoladamente por los próximos 365 días, aproximadamente. Y Linda también lloró. Lloró porque éramos su pareja favorita. ¡Y mira que conoce miles! Porque dice que éramos quienes le dábamos ganas de seguir en la eterna búsqueda de "el que es", después de darse cuenta de que el bobo de Javier no le mueve el piso. Ni las caderas.

Luego de ser aconsejada por medio mundo, llegó el esperado por muchas "momento ultimátum". Ese momento que tantas mujeres cool tratamos de evitar a toda costa, mayormente porque no queremos cargar con la cruz de nunca saber si se decidieron finalmente porque nos aman

---

* Acción de comer la que pica el pollo, en cubano. Coloquialismo boricua que confirma uno de los mejores talentos de su raza: perder el tiempo. Relajarse.

o porque los presionamos. Yo me las jugué todas. Linda, que ya no sabía cómo consolarme, sólo podía recordarme una y otra vez que "lo que está pa' uno, está pa' uno. Y que si es tuyo déjalo ir, y si vuelve, era tuyo, y si no, nunca lo fue . . ." ¡Maldito cliché, pero qué cierto es!

Dos semanas (infernales) más tarde, el jevo llamó. "*Not only do I want you in my life, I want you in my house. Would you still take me as your life partner?*" "¡Ese mardito coñoemadre!", me decía Yamila empingá. "¡La puta que los recontramil parió a todos! Me quiero matarrrrr . . .", me decía Victoria en los tres segundos que logré que me atendiera completamente cuando le contaba mi historia en un café de San Telmo. "Tanto nadar pa' morir en la orilla, carajo. ¡Ay Virgen Santa!", se repetía Martita una y otra vez.

Apenas veintidós días más tarde, Linda me mandó un hermoso email de despedida. Leía así:

---

25 de abril de 2013
Asunto: Te lo dije.
Hora: 7:30 a.m.

Mi Gladys querida . . . Te lo tengo dicho: lo que el universo predispone, el hombre dispone. Hoy, 25 de abril de 2013, te montas en un avión rumbo a San Francisco. Aterrizarás a eso de las tres de la tarde, hora del Pacífico. Con dos maletas, un gatito enjaulado, 83.453,5 miedos y 1.460 sueños. ¡Pero con un pasaje *one way*! Si funcionará o no, qué se yo. Pero al menos sé que el amor existe y es mucho más poderoso de lo que pensamos. ¡Para todo lo demás, 1-800-LABRUJA, je je je!

Hoy, 25 de abril, yo, celebro el amor de mi amiga. Celebro como si fuera yo quien se muda a comenzar una nueva vida con mi gran amor (que ya sé que no es Javier, tranquila). Celebro que su sueño se ha hecho realidad. Celebro que el amor pudo más que la distancia. Celebro que Gladys es una mujer feliz. Celebro porque Dave es un hombre feliz. Y yo también lo soy. Que ya lo dijo quien lo dijo: "Amor de lejos, ¡felices los TRES!", ¿no?

Dios te bendiga. Paz, amor y luz para ti y para tu "jevo".

Tu amiga Linda.

P.D. No olvides poner agua con sal en tu casa nueva tan pronto llegues. Hay que sacar la mala vibra que dejó la china. Y tan pronto puedas, convéncelo de vender la casa. Necesitan empezar desde cero. Ah, y dáte un bañito con agua, azúcar morena, agua florida y canela. Si logras engañarlo, échale un poquito por encima a él también, *you know?* Y no olvides decirle que no quieres ser mamá. *He needs to be OK with this too.*

Mi amiga Linda siempre sabe qué decir. Y cómo empezar y cómo terminar un email para dejar a uno pensando. Ya han pasado dos años desde que nos mudamos juntos y estamos felices. La casa de la china la vendimos al mes de estar allí. Sobre todo porque era fea. Y porque no me daba la gana de compartir la misma cama. Aún si fui yo la amante por años. El jevo escogió y ya no me da vergüenza decir que empezamos siendo chillos.

Luego de muchos meses de debate si debía o no contarle que no me apetece nada ser mamá, de haber ido a terapia para poder entender por qué prefiero un gato a un hijo, de haber leído *Black Milk* cuarenta veces (BTW, mi nuevo *crush* femenino es Elif Shafak), de haber ido a un experto en fertilidad y haberme hecho cuchucientosmil exámenes para saber que sí podría si quisiera, el jevo se levantó un día veraniego con un: "Chica, *I don't want to have kids*". Así. Como quien no quiere la cosa. ¡Pero qué capacidad de simplificar todo tiene el seso masculino, por Dios! Y yo volviéndome loca . . . que cómo le zumbo la bomba, que pa' qué me metí con uno más joven, que quién me manda a tener guille de Demi (*as in Moore*), que cómo hago pa' que no me deje por frígida . . . ¡Y toma tu yuca! A Dave no le apetece ser papá. Yo que ya estaba a punto de hacerle una oferta irresistible a recomendación de mi sicólogo: "Pues, tengamos medio hijo, así es un *happy medium*".

Ahora que ya no seremos padres, le he pedido a mi Super Bro que me conceda el deseo de ir a un museo semanalmente. Yo soy artista y él tiene lo suyo, pero prefiere fumar y comer peras tranquilamente en casa. Le he dicho que no me embarazaré con la condición de que me saque a pasear. Ha aceptado.

Tal vez nunca tendré quién me saque al patio a tomar el sol y a darme la sopa cuando sea vieja. Pero ese miedo es asociado. Se lo debo a Zulma, quien no acaba de hacer las paces con la mujer en el espejo. Porque a mí, nadie me quita lo bailao'. Y nadie tampoco podrá leer nunca un: "Aquí yace el cuerpo de Gladys, la mujer que nunca quiso tener hijos y murió sola comida por sus gatos como Bridget Jones" en mi tumba. Más bien, mi lápida leerá algo así como: "Aquí yace lo que quedó del cuerpo de Gladys (tetas caídas incluidas) porque el resto se lo gozó, se lo bebió, se lo comió y se lo folló. Y nunca pagó una cuenta de pediatra ni tuvo préstamos universitarios. Viajó por todo el mundo y metió mano un promedio de tres veces por día, con un hombre de pene enorme (bueno con varios, mejor dicho) y tez morena que la amó profundamente y dejó a la china después de trece años. Gladys fue inmensamente feliz por ella misma. Aunque Linda (¡y La Bruja!) tuvieron mucho que ver, claro está. Y ahorró mucho dinero para poder pagar una placa grande para que todo este ensayo literario cupiese en su tumba. ¡Para ella todos los días fueron un 25 de abril!".

CAPÍTULO 6

#VICTORIA

Mi desgracia tiene nombre y apellido. De eso no me cabe duda alguna. "Hay dos cosas en la vida que toda, repito, TODA mujer debe hacer antes de morir: coger con un argentino y con un brasileño. No necesariamente a la misma vez, pero sí en una misma vida. Coger con cuantos sea necesario para superar un mal de amores. O pa' matar la curiosidad, nena", me soltó un día la culpable de todo.

Es que ser mujer es una gran cualidad. Sin embargo, en mi condición femenina, hay algo de lo que no estoy demasiado orgullosa: ¿Alguna vez te has cuestionado por qué Dios le dio a la mujer la capacidad de hablar sin respirar, opinando sin cesar y cambiando de tema con cada suspiro? A esto lo llamamos "el taca-taca" en mi país adoptivo. Mi marido, el padre de mis hijos y el gran amor de mi vida (a pesar de lo que puedan pensar María, Elisa y Gladys) se caga de risa cada vez que me oye hablar por teléfono con mami. Bueno, la verdad es que trato de no llamarla tanto porque a mi Sebas le molesta un poco el ruido. Es que trabaja re-duro y cuando cierra la puerta de la pieza lo que quiere es descanso. Antes le gustaban mucho mis masajes de reflexología. Pero un día me dijo que tenía manos de piquetera y que le hacía más daño que bien cuando lo masajeaba. Tiene razón. Por eso ahora prefiere ir a una masajista profesional por las tardes cuando sale del club.

Cuando Sebas y yo nos conocimos cogíamos en cada esquina. De hecho, como estaba todavía casado con la boluda de Adri, íbamos a hoteles con playa privada. Nunca olvidaré la primera vez que me llevó después de cenar *divine* en el Parolaccia del Mare. Cuando vi el letrero que decía "Playa Privada" casi me muero de la ilusión. "¡Qué chic, mi amor! ¿Pero qué, en Buenos Aires no había solo un río?", le pregunté inocentemente. "¿Sos boluda o te hacés? Mamita, claro que no hay playa aquí. En Argentina decís playa al parking privado . . . ¡me quiero matar!", me explicó con ese carácter que siempre me ha puesto bastante caliente y me da ganas de fiesta. Ese mismo temperamento que tantos problemas le ha causado en su trabajo y con mi papá también. Pocos entienden la pasión que corre por las venas de Sebas. A mí, sin embargo, él me hace sentir tan mujer. Tan amada. Tan protegida. Tan vulnerable. "Nadie sabe lo que se menea en la olla más que quien cocina", me dice Linda cuando la llamo por Skype para mi sesión semanal. Bueno, a veces diaria . . . Antes de colgar siempre me dice: "Mírale el lado feo. *If you can live with that, then you are fine*". Nunca entiendo bien qué quiere decir porque por más que he tratado, no soy capaz de verle algo feo al hombre que me ha aceptado por esposa, que dejó a su ex por mí, provee y me lleva al club cuando hay superclásicos o alguna cena del cuerpo técnico.

Sebas trabaja duro para que nosotros podamos tenerlo todo. Aún cuando la situación se puso durísima en la Argentina, mi familia y yo siempre tuvimos todas las comodidades. Y lindas vacaciones en el extranjero. E infinitas visitas al Patio Bullrich. Lo único que cambiaría es que me acompañara como antes porque los últimos tres años ha tenido que quedarse trabajando porque el equipo pasó a finales en la Copa Libertadores.

"Tienes que dejarlo. Ese hombre es tóxico. Te pone los cuernos y te humilla delante de nosotras. Y tú como si ná. Parece que te gusta el fuete. ¡Qué más quieres que pase para que te des cuenta de que te tiene el cerebro comido, puñeta!", me dijo la amarga de Elisa en su último texto. Como si fuera yo a buscar consejos de pareja con alguien que jamás ha tenido novio y además es bipolar. Yo sé que ella me quiere, pero también sé que me envidia. ¡Y mucho! Bueno, si yo fuese Elisa, también estaría amarga, la verdad. Así que no la culpo, pero tampoco me apetece escuchar sus críticas todo el tiempo. Así que la llamo por Whatsapp cada año bisiesto. Lo que pasa es que cuando ella se pone mala y depresiva, sí que me da pena no contestar sus mensajes de "esta vez sí que no salgo de esta. No quiero vivir. Ya nada tiene sentido. Total, aquí nadie me entiende. Yo no encajo en este mundo. Soy de otra dimensión". A los que de vez en cuando opto por responder con un poco de humor para que le baje los decibeles: "Tú no estás loca, Elisa. Sólo estás pasando una mala racha. Sabes que esto siempre te da en Navidad", a lo que ella responde con un: "Sí, estoy loca. ¡Y certificada!". Esta emblemática frase de Elisa se ha convertido en el chiste interno de las nenas. "¿Llamaste a la loca certificada, María?; La loca certificada le contó a Yamila que saltó de la moto del 'pariente' dando un paseo por el Viejo San Juan porque oyó una voz que le dijo que se tirase; ¡Gladys tenía razón, esta loca certificada está más loca que una cabra!; Linda dice que la loquita certificada es la más *aware* de todas nosotras y que por eso *she doesn't fit in this silly world*". Y así nos pasábamos todo el rato hasta que su madre nos llamó un día con la bomba. Elisa tenía cáncer y parecía que era genético. La puta que lo parió. ¡La concha de la lora que lo recontra-mil parió! Maldito cáncer de mierda. #fuckcancer

Nunca entenderé por qué algunas mujeres vienen cagadas por la naturaleza. Eli es una de ellas. Esto me hace sentir un poco mal, a veces. Pero en el fondo sé que ella es una gran amiga y siempre me viene a la mente su sabiduría

—también certificada, conste— cuando me siento rara por lo de Sebas. Es que yo sin él no soy nada. Zulma dice que me comprende muy bien. Porque ella y yo somos las únicas dos que podemos hablar de amor. Que Martita, Gladys y hasta la misma Linda en el fondo no tienen moral porque sus vidas amorosas no son necesariamente las de *Elsa y Fred*. Cuando me entra la duda de si Sebas participa todavía de los jueves de trampa como cuando lo conocí, llamo a Zulma y siempre puedo contar con que me calme con esa manera tan única que tiene de arreglar el mundo con un: "Vos tenés todo lo que yo quiero". Seguido de nuestro cántico porteño por predilección: "Dejáte de joder y no te hagás la loca, andá a lavarte bien la boca . . .". Zulma fue testigo de nuestro amor desde el principio. Mami dice que ella es una envidiosa y que lo que le pasa es que quiere mi vida y que si la dejo, incluso me quita el marido. Pero mi Sebas jamás la miraría. Ni siquiera la soporta demasiado cuando viene de visita a San Telmo. Ella es más bien un sabor adquirido. Como las sardinas. Y reconozco que envidiosa sí es. Pero es que yo no tengo anticuerpos desarrollados para procesar la maldad. Tampoco soy santa, pero buenas intenciones sí que tengo. Zulma . . . pues no lo sé, la verdad. Astrid dice que es buena gente pero se le distrae la moral demasiado seguido. Sebas tampoco la pasa pero disimula.

Es cierto que a mi marido no le caen muy bien ninguna de mis amigas. Es que dice que me quiere sólo para él, que soy toda suya y no le gusta compartirme. A mí todo esto me parece re-lindo. Es que nuestra historia es hermosa. Como poema de Borges . . . Todo comenzó una linda tarde de abril cuando, recién dejada por mi novio de tres años, harta de mi trabajo y loca por comer carne magra, me embarqué en lo que resultó ser la gran aventura de mi vida. De esas que jamás le puedo contar a mi marido porque prefiere pensarme casta, pura y virgen. "Nena, vámonos pa'l carajo de esta isla", me dijo Gladys Marie Rivera —mi amiga, la más hippie, que siempre sale a relucir cuando me entra lo de gitana y a quien llamo por su nombre completo cuando se pone intensa— entre whiskeys. "Pero si acabamos de llegar de vacaciones, ¡joder!", respondí una vez se me calmó aquel puñetero hipo delatador.

Pues eso. Una semana más tarde, estábamos las ocho nenas y yo chantajeando a uno de los de la aduana en Ezeiza. Por cierto, no dejo de maravillarme con la facilidad con la que los funcionarios públicos de nuestros países se rinden ante la tentación de un billetito, ¡carajo! Aunque creo que en Puerto Rico prefieren las tetas, pero bueno . . . Que nadie diga que mis amigas y yo no somos las diosas del embeleco. Siempre pienso que si organizáramos nuestras vidas con la misma eficacia, rapidez y empeño con el que organizamos unas lindas vacaciones, la historia sería distinta.

En un abrir y cerrar de ojos, el deseo de Gladys se hacía realidad. "Amiga, esto, de carajo, tiene bastante", le dije la noche que me vi en tremenda encrucijada, pues no sabía si besarlos, abrazarlos o decirles que los amaba directamente (nótese el uso deliberado del plural). O sea, aquello era un gran infierno de hombres hermosos. ¡Y YO, CUAL TULA! Aquella a la que el cuarto le cogió candela ... ¡Por Dios, no se puede creer lo que es la genética argentina! Creo que ponen alguna partícula embellecedora en el agua o algo así. Siempre que lo digo (más o menos cada tres minutos), mi queridísimo jefe (que es un gran embustero) me recuerda que si las cosas no me van bien en el mundo editorial, siempre puedo solicitar empleo en el departamento de relaciones públicas de la Compañía de Turismo Argentina.

"Lo amo horrible", me gritaba Yamila desde el medio de la pista del Tequila. "Pero y cómo es que nunca había venido a este país antes. No merezco vivir", me decía al oído la menos promiscua. "Con este me voy hasta jooooooooooooooooooooooooooooon", me confesó Zulma. Todo, mientras se escuchaba de fondo un: "¿Dónde están las turistas?" Hasta el DJ sabía de nuestra existencia. ¿Los boludos? Con los colmillos afilados. Listos pa' ponernos a bailar tango. ¡Y lo que no era tango también!

Así, noche tras noche, el mismo pensamiento acechaba mi mente inevitablemente. "Mamá, la carne me llama", me decía a mí misma. Conste que nunca he sido carnívora para nada. Pero al ver semejante surtido de cortes de primera, no me quedó más que decir: *Fuck vegetables!* Quienquiera que inventó eso de que comer carne todo el tiempo perjudica seriamente la salud, era un gran cabrón. O nunca ha visitado la Argentina con siete amigas en celo.

"Dejad que los hombres se acerquen a mí", era la plegaria que hacíamos en cada cena, luego de dar gracias por el alimento (y las innumerables botellas de vino) de cada día. "Acá vivo yo, aunque sea lo último que haga", le dije a Martita mientras la ayudaba a secarse los pies empapados de cerveza. Es que a la muy atorranta*, tan ingeniosa ella, le dio con limpiarse la planta de sus pies planos con las sobras de la cerveza del chico que le gustaba. "¿Quién te mandaría a hacer el bendito pacto aquel de 'Amigas en la borrachera y la sobriedad'?", me repetía el diablito. Porque allí estaba yo, secando sus cochambrosos juanetes con el mantel blanco (hasta entonces).

Sebas, uno de los amigos de los amigos, quedó embelesado ante tanta fineza. Al día siguiente era jueves de trampa. Por supuesto que nunca supimos de qué iba ese rollo hasta que Martín nos confesó que es el día oficial cuando los casados salen de caza. Literalmente. Que no sólo estaba "aceptado socialmente" sino que las mujeres, novias, amantes, pendejas, sabían bien que ese día no se hacía plan con sus chicos porque era *"sausage party time!"*. Con la pequeña diferencia de que al susodicho *sausage* siempre se le juntaba uno que otro pedazo de pan, y esto terminaba siendo más bien la fiesta del choripán. Hoy, claro está, doy gracias a

---

* Dícese de aquella mujer que posee la capacidad de ser más puta que las gallinas y pasar por doncella en la ventana; término afectivo utilizado por los argentinos para decir hipócritamente: "estás loca, cual cabra de monte".

este gran invento del seso masculino argentino. Porque fue en jueves de trampa que conocí al amor de mi vida. Total, ya él y la puta de Adri no hacían el amor hacía meses . . . Total, ella se preñó a propósito y él lo sabe.

"Lo que mal empieza, mal termina", me decía mami una y otra vez, con esa cantaleta que se nos impregna a las mujeres en el preciso momento del alumbramiento. Yamila también siempre dice que lo que me pasa a mí es que me he olvidado de quién soy, porque no escucho a Wayne Dyer. Astrid, por su parte, achaca mis pesares a la carne roja. "La manera en que esos animalitos mueren es muy tenaz. Cuando te los comes, no sólo te estás comiendo todo el coraje que sintieron al morir, sino que también te conviertes en cómplice del crimen y eso enferma". Yo no estoy enferma. Pero Astrid se empeña en diagnosticarme con condiciones que no las entiende ni el médico chino, valga la redundancia. La última es que dice que como ahora tengo acento argentino, bueno más bien porteño, me he convertido en una mujer sin norte. Que mi ying y no sé qué cosa que llama yang, están desbalanceados y que lo que necesito es un detox macrobiótico, veinte sesiones de Reiki (mínimo) y cinco de *theta healing*. Por cierto, esto me suena siempre como a teta healing. Y mis tetas están muy duras y firmes todavía. Por lo que no creo que caiga nunca en la penitencia impuesta por la obispa Astrid.

María, sin embargo, dentro de su amargura por su condición de jamón jabugo de pata negra, al menos es un poquito más compasiva con este rollo. Quizás porque es la que mejor me conoce y, en el fondo, no puede dejar de quererme. ¡Pero sí que ha tratado!

Lo que nos mantiene unidas son los nenes. A María los niños siempre logran sacarle el lado amable. Carito, sobretodo. Mi niña hermosa que es la voz de la conciencia en nuestra casa porque tiene tres añitos cumplidos y veinticinco vividos. Su madrina es María y está loca por ella. Siempre que viene a verla me recuerda que ha viajado desde el otro lado del mundo sólo por ella. Me basta con que quieran a mis hijos. Total, quien no es madre, no entiende. No sabe que sin mis hijos y mi marido no soy nadie. Linda dice que soy un ser de luz. Yo la verdad no sé bien qué significa esto. La última vez que hablamos me dijo que soy la esposa de un vampiro emocional que trae oscuridad a mi vida. Que será Sebastián Finoquietto el responsable de mi desgracia y no la pobre Gladys, como él quiere que yo piense. Sebas dice que de todas mis amigas Gladys es la más infeliz porque es tan liberal que no tiene escrúpulos, y que no le gusta la juntilla con ella porque soy una mujer seria, casada y con dueño. Pero Gladys siempre está ahí cuando más la necesito. Siempre contesta mis llamadas desesperadas y llenas de miedo. Me escucha cuando le digo que me aterra pensar que esta vez Sebas no me perdonará porque le cuestioné dónde había estado el jueves y por qué ya no me quiere hacer el amor como antes. Y ella nunca me juzga. A Sebas siempre le recuerdo que si no fuese por ella, jamás nos hubiésemos conocido. Gladys piensa que por eso la odia tanto. Y nos reímos. Tiene tremendo sentido del humor la loca. Pero es cierto que sus consejos son un poco raros a veces. Una vez me dijo que lo que tenía que hacer era meter mano con algún amigo suyo. Pero que me asegurase de que él tuviese algo que perder también. O sea, un casado.

Linda, por su parte, siempre es testigo virtual de mis discusiones. La pobre un día hasta escuchó cómo salí del baño después de tres horas de esconderme para que no me pegara como la otra vez. Lloraba como una Magdalena y ella apenas me podía entender, pero no me quería dejar sola. Lo más duro fue cuando me di cuenta de que se había llevado parte de su ropa interior, su laptop, el libro que me había pedido que leyéramos juntos —"*Sex at Dawn*"— y el pasaporte: las cuatro cosas que siempre tenía en la mesita de noche.

Hace dos años ya que me dejó por otra. Y aún no soy capaz de hablar de él en tiempo pasado. Y nunca he podido pedirle perdón. No me perdonaré haber sido tan cerrada de mente. Si todo lo que él me pedía era que me leyera el puto libro y abriera la mente. Sebas es muy escorpión y sólo quería que yo al menos considerara tener una relación abierta. No me perdono no haber sido capaz de complacer al amor de mi vida. Total, siempre veíamos pelis porno juntos y nos calentaba muchísimo.

Al mes de haberse ido, se apareció en mi fiesta de cumpleaños y yo sé que en el fondo lo hizo para demostrarme que todavía me ama. Entró con esa actitud fachera de siempre y se puso a bailar un tango con una tipeja ahí. Cuando me di cuenta de que era él casi me muero de los nervios. Se veía tan guapo ... Me fui corriendo al baño, más que todo porque si no me cagaba en la tela, como dice Martita. Y cuando salí, se había apoderado de la pista de baile cual Patrick Swayze. Patu, mi amigo gay favorito, ahora cuenta la historia en su blog bajo el título: "Patrick, un tango y la puta que lo parió". Todos odian al Sebas. Ahora sí que ya no lo puedo defender, pero yo en el fondo sé que me ama. ¡Como a nadie!

Tres días después del episodio *Dancing with the Stars*, me lo encontré en La Brigada comiendo con sus colegas de la ofi. Fue la primera vez que pude gritarle sin miedo a que se enfadara o a que me pegara. Tal vez porque había mucha gente y porque todos nos conocían allí. Además, porque era lunes. El sabía que antes de conocernos, las nenas y yo siempre íbamos allí los lunes porque era el restaurante favorito de la selección argentina y como cada uno estaba más bueno que el anterior ... ¡Ni el pan de miga!

En medio de mi histeria, Sebas no sabía de qué le hablaba, bueno más bien, gritaba. ¡No se enteraba de nada! Me hizo quedar como una loca frente a los boludos de sus compañeros del cuerpo técnico. Estoy segura de que son todos cómplices de sus asquerosidades. Todos los futbolistas y sus equipos y las madres que los parieron son iguales. Unos cerdos. Charlatanes del fútbol, como los llama Patu en el blog. Pero Sebas no es así. Yo sé que le han metido estas ideas en la cabezota. Porque él me ha amado como a NA-DIE. Si además me lo decía todo el tiempo ... Porque de todo esto, lo único que lamento es haberme quedado a vivir en la Argentina cuando comencé a notar cambios en él. Si hubiese aceptado la oferta del Atlético de Sullana todo hubiese sido distinto. Aunque Elisa piensa que mi marido nació cabrón. Ceci, que aparece cada muerte de obispo, pero siempre cuando más la necesito, me dice que mi intención de este año debe ser practicar la solidaridad femenina. Yo sigo pensando que el exceso de yoga la tiene trastornada. ¿Cómo carajo se supone que pueda ponerme en los zapatos —baratos y de muy mal gusto— de la mujer que me robó el marido y, encima, olvidar y perdonar sólo porque somos mujeres? ¡La concha de la lora que la recontra mil parió!

Debo reconocer que aprecio mucho el consejo de Cecilia. Yo sé que ella quiere lo mejor para todas. También admito que hay algo de estas mentalidades tipo "aquí-no-pasa-nada-todo-pasa-por-algo" que me atrae. Es como un morbo espiritual que me da. Ya quisiera yo poder usar ese lado de mi cerebro que ocupa la compasión con más frecuencia. Pero no sé cómo se hace. Ceci insiste en que lo que me pasa es que mi problema es que me creo argentina. Que el ego está acabando con la Pampa y con mi capacidad de amar incondicionalmente. Que la meditación trascendental es lo que yo necesito y que un cambio de conciencia en mí es inminente por más que me haga la pancha loca. Que mirar para adentro duele más que mirar para afuera pero que vale la pena. Que si me dejara llevar por el tal Yogui Bhajan lo lograría. Que no resista el cambio porque así mi vida sería otra y, tal vez, hasta Sebas se hubiese quedado conmigo. Bueno, ella nunca nombra a mi marido, más bien dice que mi corazón estaría abierto para recibir el amor verdadero, el amor de mi vida . . . Mami, por su parte, piensa que lo mío son "gustos que merecen palos". Martita dice que es que tengo guille* de la gata Flora: a esa que si se lo meten grita y si se lo sacan llora. Linda cree que mi problema es que no sé estar sola.

Yo, al final, creo que Sebas es quien tiene la razón. Mi desgracia tiene nombre y apellido: Gladys Marie Rivera.

* Actitud boricua de los que se creen omnipotentes, omnipresentes y omniinvisibles en algunos casos. Los más pro llaman Guillermina Soler al acto de tener guille o de guillarse, lo cual a su vez es sinónimo de hacerse el loco. Hacerse el boludo en argentino. O el gilipollas es castellano y/o el pendejo en venezolano.

• • • • • • • • • •

CAPÍTULO 7

#YAMILA

Que levante la mano quien no haya tenido un divorcio mental. Estoy convencida de que si te portas bien, Dios te manda uno de esos momentos mágicos que parecen perfectos en papel, al menos por un ratito. Acompañado de algún ex de esos elegantes, maduros, decididos, profesionales, espléndidos . . . O sea, ¡con bastantes pesos! Y qué lindo sería si ese ex también viviera en el mismo continente. "Muchacha, lo tuyo son la ligas de las naciones", me dijo Martita un día. Linda, que es la hija putativa e imaginaria del Dalai Lama y la Madre Teresa, piensa que como me encanta contar historias, termino enamorándome de las ideas en lugar de los personajes. Que me enamoro del potencial, opina Elisa. Mami me ha diagnosticado con el SPE (Síndrome de

Positivismo Extremo, por sus siglas en español) en etapa terminal. Y yo la verdad no sé quién tiene la razón. Pero de que mis amigas me conocen mejor que nadie, no cabe duda.

Soy una mujer feliz. Tal vez, la única del grupo que realmente puede decir esto. Cuando dejé al belga, por ejemplo, recuerdo cómo puso cara de WTF al decirle que había llegado a un límite intocable para mí: *"This came down to you or me. And you will never win that one, babe"*. Martita dice que me admira y que por ser egoísta es que soy feliz. Yo digo que si ser egoísta es amarse a uno primero, entonces cabe la posibilidad de que haya sido yo quien inventó el egoísmo. Tal vez fue en mi tercera vida cuando era una maestra árabe, madre de ocho niños, que aprendí a golpes lo que era quererse uno primero. O cuando fui gitana en el sur de España y maté a mi marido porque sospechaba que me engañaba. Nunca me arrepentí y por eso morí de fiebre amarilla unos años más tarde, según dice Linda. Cuenta la leyenda que él era más lindo que yo y a mí eso me parecía inaceptable. Estoy convencida de que por eso me ha tocado joderme con los hombres en esta vida. No vine a encontrar "al que es" hasta hace tres años. Porque supongo que las cosas buenas toman tiempo . . . Y las malas vienen de otras vidas. Y el belga es, sin duda razonable, la reencarnación del gitano que envenené en España. *"Your relationship is karmic. You can stay with him and have the best sex of your life, but he will never be on your same frequency. That guy will never be an aware human being*", vaticinó Linda el día que por fin lo pude dejar para siempre.

En los últimos ocho años, me he dedicado a escribir mi historia —bueno, mis historias— de amor por el mundo. Y las de desamor también. Zulma me dijo un día que mi segundo nombre debería ser Nostalgia. ¡Tan pendeja! Jode más que piña debajo del brazo. Se cree mejor que nadie, pero, al final, sabe que es una coraza que se pone porque es la más insegura de todas. Que se casó con el primero que le hizo caso por miedo a quedarse jamona. La cabrona de Elisa dice que si fuese Zu por tres minutos, también sería bien insegura. ¡Er diablo!

Debo reconocer que aunque he sido bastante puta en mis años mozos, algunos marchantes me han tocado en lo más profundo, literalmente, más allá del toqueteo de mi cuerpo tropical. Es más, hasta los he querido profundamente. Y sé que ellos a mí. A cada uno le he puesto un sobrenombre de cariño. Bueno, más bien para ocultar su identidad el mayor tiempo posible. Por el bien de "el que es". Porque aunque han sido especiales, siguen siendo del montón-destacados. El resto, simplemente del montón. De esos que ni vale la pena mencionar, al estilo peor-es-nada o pos-pa'-qué-te-digo-que-no-si-sí. Gracias a una tarde de aburrimiento con mi *partner in crime*, Yayi, he calculado que me he tirado a más o menos 33,5 tígueres. Incluyendo "al de la camisa negra" y "al neozelandés de barba". Pero nadie como La Penca.

Hace poco me dio con abrir el cofre* y encontré las doce cartas kilométricas que le escribí al doctor, donde le confesaba mi amor eterno, al estilo Carlos Vives. Se las entregué todas en la velada de su cumpleaños número veintiuno, en aquella fiesta sorpresa fríamente calculada que le preparé. ¡Me he reído tanto al leerlas! ¿Cómo he podido ser tan monga? El pobre no se atrevía a decirme que no me amaba como mujer. Y hasta trató de meterme mano, tan amable. Después de haberme metido por la ventana de su cuarto un día, al final logré que me dijera que a un hombre no le toma doce años saber o no si le gusta una mujer. Doctor Sabiduría, lo llamé desde entonces. Vaya cabrón . . . en el fondo no hizo nada malo, pero no puedo evitar sentir remordimiento por haberle confesado mi amor a quien no lo merecía. Bueno, no lo quería. "¿Por qué será que las mujeres no procesamos el rechazo?", me preguntó María un día en una de esas visitas relámpago que le hacía cuando paraba en Madrid de camino a Estocolmo. ¡Ay, bendito, si yo supiera la respuesta, mi vida sería más fácil. Pero menos divertida, seguro. Yo soy de las que prefiere no saber. Antes de viajar, por ejemplo, nunca guguleo nada. Me tiro de cabeza, como guineo en boca de vieja, como dice Gladys en sus momentos de finura que no puede evitar, mi bori querida.

Lo malo de buscar es que se encuentra. Después de

---

* Objeto utilizado por una chica colegiala e inexperta como método de manipulación. Artefacto que guarda verdades que nunca lo han sido. Cofre de mader con tapa pintada a mano y candado con llave.

mearme de la risa con las dichosas cartitas del doc, ¡zas!, que me encuentro con mi diario de La Penca diunavé. Y se jodió la bicicleta. Porque hay amantes que son eternos. A esos les llamo "los *mushrooms*". Cae un aguacerito y salen a la superficie de nuevo. Como si ná. Como quien no quiere la cosa. Parecen inofensivos pero son la causa de divorcio mental. Yo, por ejemplo, cada vez que pienso en Fredrik me entra complejo de Marantoni*. Me visualizo en la República con el licenciado Virgilio Bustamante divorciándome en veinticuatro horas, por el módico precio de $500. Así de facilito. Elisa se prende cada vez que me oye decir esto, pero es que me he divorciado mentalmente al menos treinta y cuatro veces. Entonces, me pongo los *headphones* pa' que me entre el complejo de Shakira mejor. Ella siempre está ahí cuando más la necesito, pa' recordarme que "¡soy loca con mi tigre!". Mi pobre marido que no se entera de nada y jura que es el tercero con el que me acuesto. Conste que yo jamás le he dicho eso. Pero hay hombres que prefieren enamorarse del potencial, parece. Y como María dice que desde que me casé soy como virgen reciclada . . . pues nos va cabrón.

A veces me da pánico que mi marido encuentre el dichoso cofrecito y lea mis cachivaches emocionales. Pero es un riesgo que prefiero correr porque deshacerme de ese montón de papeles, ¡jamás! Hasta tengo impresos los 378

---

* Marc Anthony en puertorriqueño, dominicano y cubano. Cantante de salsa de ascendencia boricua y reconocidos amoríos y divorcios express.

emails que me escribí con mi primer amor entre hostal y hostal en aquel viaje que nos dimos por dos años. Pero nadie como La Penca, repito. De ese sí que no puedo divorciarme mentalmente. ¡Y mira que he tratado! Mis amigas me han bautizado Wilfrida Vargas. Porque aunque La Penca está bien bueno por decisión unánime —la madre que me parió incluida— todas en el fondo se preguntan: "Mami, ¿qué será lo que tiene el negro?".

Es sencillo: lo nuestro fue lo que pudo haber sido y no fue. Cada encuentro duró lo que duran dos peces de hielo en un *whiskey on the rocks*, como dice Sabina. Pero, ¡uf!, si esas sábanas hablaran . . . Fredrik es uno de esos hombres que de mirarte tus pantis se montan en el *Concorde* (Q.E.P.D.), haciendo escala en Pekín, con destino final a casa del carajo.

Cuando me encontré con los benditos papelitos, me dio con llamar a Astrid, la que menos juzga de mis amigas aunque sea la más inflexible. Ella siempre me escucha. Y como es más soñadora que yo, no tiene fuerza moral pa' mandarme a callar ni pa' bajarme de la nube a la que me trepo con este rollo nórdico. Somos tan anormales que hablamos por Skype y nos leemos cartas románticas de viejos amores, *mushrooms* incluidos.

"¡Ay no, qué ternura, amiga. Léeme más", me dice cada vez que abrimos el cofre de los recuerdos. La verdad no sé si está haciendo *research* para su próximo bestseller o si me escucha porque de verdad disfruta de mis amores pasmados.

Victoria está convencida de que su próxima protagonista será inspirada en mis amores bandidos. A mí, la verdad, me importa poco. Así que, por vez número setenta y ocho, procedí a leerle una de mis historietas del vikingo del demonio.

Sábado 13 de agosto de 2006
Desvelada en Miami a las 3:45 a.m.

Érase una noche veraniega en Miami. Yo, sentada junto a una de mis parejas favoritas, quienes siempre me hacen sentir cómoda en mi rubro de violinista y me entusiasman a afianzar mi relación amorosa con Johnny (as in Johnny Walker). *Y conocí a Fredrik. Claro que ya traía yo un nota que ni Beethoven . . . Es más, para ser más exacta, ya eran las tres de la mañana. Del miércoles. Es importante mencionar este detalle porque me hace sentir orgullosa, pero a la vez, un tanto nostálgica. Me cuesta entender cómo podía con aquel tren de vida nocturna antes, y por qué ahora mis juanetes comienzan a joder pasada la medianoche. Bueno, supongo que las siestas en el carro, en la hora del* lunch, *el Bengay en los pies antes de dormir y el agua-e-coco antes de dormir y al levantarme, tendrán algo que ver. Ah, y más recientemente, también le meto a las probióticas. Por aquello de mantenerme la digestión regulada.*

He jodido tanto en estos años, que creo que ya ando como en retroactivo. Que si me dijeran que mañana me toca encerrarme en un calabozo sin derecho a janguear/beber/parisear/putipuerquear/ esbaratarme *hasta abajo,* down, full, *tampoco pasaría nada.*

Entramos a Club B.E.D*. Admito que siempre pensé que what happens in B.E.D., stays in B.E.D. But little did I know . . . *Inmediatamente, mi amiga Estrella y yo dimos la vuelta de reconocimiento. O sea, que dis que fuimos al baño juntas. Porque alucino con la capacidad que tenemos las mujeres de meter este tipo de paquetes. ¡Qué baño ni qué carajo! Que levante la mano la que no haya usado las ganas de mear de excusa para ir a ver a los jevitos del bar.*

—*Coño, chica, me encanta la música aquí, pero lo malo es que está tan alta, que es imposible conocer a nadie —dije.*

—*Cierto. Por eso, vamos directo a la barra y listo —respondió Estrella.*

Como ya lo dijo quien lo dijo . . . "Be careful what you wish for". *Porque allí estaba él. Calvo, sentado en un escalón. Solo, pensativo y agarrán-*

---

* Discoteca bien cool en Miami cuyo nombre significa Beverage, Entertainment and Dining, por sus siglas en inglés.

dose la barbilla cual Obama en pleno State of the Union. *Yo, que la última vez que sentí timidez todavía Ricky Martin estaba en Menudo y Britney Spears era virgen, me le senté al lado e imité su pose.* And that was it! *Estrella juró que éramos amigos de años.* So, *siguió pa' la esquinita donde estaba su marido y me dejó conversando allí de lo más relajada. Fredrik no paraba de reírse con mi ocurrencia. Por supuesto que la sesión de preguntas no se hizo esperar:* "What the hell are you thinking about? It's three a.m., dude!"

Aún atónito por mi simpatía impuesta, respondió con una mejor todavía (y sonreído): "What makes you think I'm thinking?". *¡CAGAMOS, ¿quién se resiste a esto, por Dios?! Nada peor que un hombre guapo, simpático, seguro, solo y cínico, a las tres de la mañana, un miércoles, cuando estás en celo. Minutos más tarde, estábamos los cinco en la barra: Estrella, su marido, Fredrik, Johnny y yo. Ya nada nos separaría.* "Lo que unió el whiskey, *que no lo separe el hombre*", *dije al brindar.*

—So, when's your birthday? —*preguntó él.*

—January —*contesté sin poder evitar que el pensamiento de que es posible que fuera gay entrara en mi cabeza como un flash. Odio las generalizaciones, conste. Pero cuánto nos facilitan la cosa a veces, ¿a que sí? Porque como dicen que* "if it seems too good to be true, it probably is" . . .

—You want to kiss me —*añadió. Y yo, que ya estaba totalmente borracha (más bien desencajá) quedé como sobria ipso* facto.

—Who told you that? —*contesté encabronaíta.*

—It's a given. Cause you're a Capricorn and so am I. And I can't wait to kiss you —*me zumbó el muy hijo de la gran puta.*

¡Joder! Si hiciéramos una competencia de la mejor línea, definitivamente esta (y la de: "Por vos, mataría a una ballena a chancletazos") *estarían entre las* Top 5. *Nos quedamos pegaos por tres horas y no exagero. Es más, me atrevo a inferir que este ha sido el mejor grajeito que recuerde haberme dado en algún bar/lugar público. (Nótese el uso de la palabra* "recuerde").

Llegó la hora de irnos. Bueno, al menos eso pensé cuando me barrieron los pies y casi me quedo ciega porque habían prendido las luces de B.E.D. Y nosotros allí, cual Strangers in the Night.

—OK, we have two options. Option number one: I put you in a cab home, give you a sweet good night kiss and no sex. Option number two:

We come to my hotel and you put me in bed with a sweet good night kiss and lots of sex —*sugirió el vikingo.*

Quizás, por primera vez en mi vida, opté por quedarme callada. Lo agarré por la mano y cuando nos montamos al taxi le dije al conductor:

—1604 Bay Road, please —*miré al sueco y dije—*: Option number three: YOU come to my place and we kiss until we have to have sex.

Nunca he sido persona de meterme en la cama con alguien si no es para hacer lo que es debido. Odio las mujeres que juegan a hacerse las doncellas en la ventana. Prefiero ser la puta en la cama. ¡HE DICHO!

La mañana siguiente la historia fue otra. De nada sirvió mi determinación y sinceridad. Pues pudo más el alcohol que el amor que me tenía, I guess. *Porque quedamos tan rendidos al poner el culo en la cama, que de sexo, nada. Además, ya era hora de irme al trabajo. Ofrecí darle pon hasta su hotel y aceptó felizmente. Y fue en la 17 Street y Meridian (que está llenita de palmeras muy bonitas y tropicales) que le da al sueco con ponerse conversador.*

—What's your favorite word? Every writer must have one.

Lo quería matar. Pero como el cinismo es don

de los elegidos, y era evidente que Dios me había elegido para pagar algún karma con esto, me limité a mirar pa'l cielo y dije:

—*"Penca".*

Todavía recuerdo bien su reacción. Si este sólo sabía decir hola, burrito, Taco Bell y adiós. Muy graciosita yo, ¿verdad? Le dije penca para salir del paso pero se me viró la cabrona tortilla. ¿Cómo carajo traduzco penca al inglés para que entienda lo que quiero decir? O sea, eran apenas las ocho de la mañana. Habíamos dormido dos horas. No me acordaba ni cómo llegamos a casa ni de dónde lo saqué a él, y me pregunta que cuál es mi palabra favorita. ¡No jodas, chico!

—Penca is the thing that hangs from palm trees. They're very long, green, sometimes annoying and heavy —*le expliqué elocuentemente.*

Traducción: las pencas son más largas que el grajeo que nos dimos anoche; más verdes que el vómito de esta mañana; más annoying que tener que pensar cuál es tu puta palabra favorita a las ocho de la mañana; más fuerte que el odio que siento ahora mismo hacia Johnny.

Así comenzó esta linda historia de amor, viajes, romance, amistad, llanto y despedidas. Y cuatro años más tarde, Fredrik y yo todavía nos hablamos y nos queremos mucho. Y seguimos cantándonos esa canción de Sinatra que parece que la escribieron para nosotros.

Nos hemos encontrado en Miami, Nueva York y Estocolmo. Hemos hablado desde Hong Kong, Bangkok, Mumbai, Helsinki, Miami, Copenhagen, Bogotá . . . You name it! *Muy de* jet-setters *esta vida que llevamos el sueco y yo. Y en cada encuentro, se revive ese mismo* feeling *de la primera vez. Y se intensifica. Y entra en* sleeping mode *de vez en cuando. Pero siempre está ahí. Latente. Jodiendo el parto.*

"You set the bar even higher, ¡coño!", *dije en una de nuestras tertulias telefónicas de horas muertas.* "There are only two people in this world who leave me speechless: my dad and you", *me dijo en un bar en Estocolmo.*

"Don't worry, Penca. The Swedish moonwalk is still alive", *decía el* text *que me envió* random, *el día que murió Michael Jackson.* "You dance faster than *perico ripiao*", *dije yo —como si supiera que carajo es eso— mientras bailábamos* hip-hop *otra noche loca, en el Hudson Hotel.* "My girlfriend broke up with me right before Christmas", *me confesó un día por* Skype. "Who am I going to text now when I'm drunk with Johnny?", *le pregunté el día que me dijo que tenía novia.*

"Why her?", *pregunté.* "She lives in Scandinavia. But if I hadn't met her, I'd be flying to New York more often, and not for work", *contestó*.

Vamos, que aquel que dijo que amor de lejos, felices los cuatro no era tan mongo ná. Sólo que no le atinaba muy bien a las matemáticas. In fact, *yo haría un ajuste a este gran proverbio para que dijera: "Amor de lejos, felices los seis". "Joder, ¿seis?", me preguntó La Brujita. Pos sí. Seis.*

Resulta que a Fredrik lo conocí un 13 de agosto de 2005. Y a partir de ese momento, mi vida cambió. Mas no mi promiscuidad. Por lo cual, desde entonces, hemos tenido dos novios yo y dos novias él. O sea, 1 + 1 + 2 + 2 = 6, right? *Conste que para ese entonces, todavía me resistía a ver* Sex and the City *porque me parecía una fiebre pendeja. El refugio de un montón de mujeres jamonas. Hoy día, no sólo es mi Biblia, sino que la puta seriecita esa me ha ayudado muchísimo a entender lo que pasó con* mi Mr. Big. *Comprendí que no todas tus almas gemelas van a ser el hombre de tu vida. No todo el que te haga sentir amada, bella, inteligente, chistosa, follada (BIEN follada) será el padre de tus hijos. No todo el que te llame justo cuando estás a punto de perder la fe en el amor y te diga:* "What the world needs is not more beautiful or smart women. What the world needs is more Pencas *(meaning more me, claro)",* será necesariamente la persona correcta para ti. Porque hay muchos grandes amores en la vida. Fredrik, es uno de ellos.

Ajá. Paradójicamente, eso dice mi corazón. Mientras la conciencia me grita: ¿Qué espera este infeliz para venir a buscarme en su jet privado y llevarme a su recién estrenado hotel en Phuket? No lo sé. Sólo sé que PENCA es y siempre será mi palabra favorita.

"¡Tenaz, amiga, muy tenaz! Por eso ahora se cree que eres real estate agent y te llama borracho para preguntarte cuánto cuesta un apartamento en SoHo y si a su negocio le iría bien o no en Nueva York. Por traspatiarse, ahora anda como el perro arrepentido, con el rabo en patas, con el hocico partido, ¡qué rabia, amiga, qué piña!", añadió mi Colombian preferida. Y colorín colorado . . . Bueno, ni tan colorado.

Siempre que leo estas historias me dan ganas de salir corriendo. De cambiar mi vida por completo, mudarme a Vietnam y conseguirme un part-time en uno de esos barcos en Halong Bay, llevando y trayendo a turistas neuróticos que pretenden ser vegetarianos en el medio de la nada, porque si se llegan a encontrar un canto de carne en su phó te demandan. Por más que suene trágico, no puedo evitar pensar que nací gitana. Y

así debería morir. Y justo cuando estoy montán-
dome al barquito con mi uniforme hecho a mano
por la costurera de Hoi An, entra mi marido al
cuarto y me da un besito en la nuca y, una vez
más, se me jode la bicicleta. ¡Y me cago en la isla!
Y me despierto de mi sueño para encontrar que
mi realidad no es para nada peor. Que todo es
cuestión de perspectiva. Que si es verdad que el
primer paso —son siete en total, conste— a la feli-
cidad es el compromiso, como dice Ceci que dice
Yogui Bhajan, entonces vamos por buen camino.
Porque La Penca es hermoso, dulce, inteligente y
millonario, pero tiene más commitment issues *que*
caramelo en puerta de colegio al mediodía. Mi
marido, sin embargo, me ha enseñado que el com-
promiso te da carácter. Que el carácter es cuando
todas tus características, tus fallas y tus virtudes
están bajo control. Como dice Astrid, es cuando
el ying y el yang se encuentran y están totalmente
balanceados. Que el carácter es lo que nos da dig-
nidad. Y que la dignidad hace que todos confíen
en ti, te quieran, te respeten. A esto, Yogui Bhajan
le llama divinidad. Aquí ya no hay dualidad sobre
quién eres. Todos confían de sólo mirarte y nadie
te tiene miedo. Esto es lo que algunos llaman
tener gracia. Cuando estás en gracia, no hay
interferencia, no hay espacio entre dos personas,

no hay agendas escondidas. Y esto te da el poder del sacrificio. Que es cuando somos capaces de enfrentar cualquier dolor por la otra persona. Ese sacrificio te hace feliz. Y la felicidad es tu derecho de nacimiento.

Mi marido, ese del que no me he enamorado de mirarlo, al que no siempre encuentro tan guapo, pero me ama como soy y donde estoy, el mismo que por años tuvo complejo de Roberto Carlos —tenía un millón de amigos, y todas eran mujeres, y con todas se ha acostado—, al que pude perdonar porque en el fondo sé que yo también he sido capaz de pegar cuernos; ése hombre que no me folla a diario pero me hace el amor como nadie, me ha enseñado que cada quien debe ser tan feliz por sí mismo que otros se sientan feliz de tan solo mirarnos. Esa es mi meta en esta vida. Ceci dice que si sigo practicando yoga con ella me va a ir cabrón. Más me vale porque el otro día casi me parto la crisma haciendo la bendita cobra pose. *Cuando el maestro empezó con que respiren por la nariz rápido, empujen la panza pa'dentro al mismo tiempo, miren pa'l techo y canten el mantra* Sat Nam *cuchicientas veces con los ojos mirando al centro de la nariz, por poco me da un soponcio. Luego averigüé que el mantra* carajo, coño, puñeta *no es tan efectivo. Ya trataré la semana que viene de nuevo. Pero por ahora, lo que parezco es una iguana partiéndose en dos, respirando como perro en celo, bizca y ronca de tanto cantar el bendito mantra de la semilla de la verdad: Sat Nam. Creo que significa: "Soy verdad. La verdad es mi identidad", o algo así. Es lindo en teoría, pero yo no sé si esto del yoga es para mujeres como yo . . . Comoquiera, me ha ayudado a calmar mis ansiedades. Y sobre todas las cosas, mi taquicardia vaginal, como dice Gladys, tan fina ella.*

El yoga también hace que me re-enamore y me divorcie y me vuelva a casar mentalmente al menos dos veces por semana. Y esa es la clave del éxito. Cuando María, Astrid, Martita y hasta la misma Linda insisten en preguntarme cómo lo hago, cuál es el secreto. Que por qué mi marido y no los otros 32,5, les digo: "¿Y por qué no? Que levante la mano quien no haya tenido una boda mental". Saaaaaaaaaaat Naaaaaaaaaaaaaaaaaaam.

• • • • • • • • •

CAPÍTULO 8

#ZULMA

Soy intensa. Lo sé. Mami me lo recuerda cada miércoles a las 9:30 p.m., hora del este. Ella, como se ha dejado dominar por papi toda la vida y cuando tuvo que callar no lo supo hacer, ahora a sus sesenta y cinco años se quedó sin la soga y sin la cabra. "El cabrón, querrás decir", me corrige Yamila cada vez que hablamos del divorcio de mis papás. Es que después de treinta y cinco años de matrimonio, a mami le dio con rebuscarle la cartera a papi y como el que busca encuentra . . .

Es verdad que llevan veinte años durmiendo en cuartos separados, que sólo se hablan cuando tiene que ver con nosotros, que papi nunca llega a tiempo a la cena y en Navidad siempre busca la manera de escaparse después del desayuno —su paradero siempre ha sido un enigma—, y que mis hermanos piensan que en cualquier momento le descubrimos un hijo en Cuba y otro en Santo Domingo, pero en el fondo están mejor juntos que separados. Ninguna mujer debe estar sola. Ninguna mujer quiere estar sola.

Puede que Yamila tenga razón y papi sea un cabrón. Pero mami se quedó sola. Yo prefiero ser intensa que estar sola. Basta con mirar a María y a Astrid. ¡Y a Elisa ni se diga! Todas mujeres lindas e inteligentes pero miserables. Linda siempre me dice que la soledad es un estado circunstancial de la mente y que a mí me vendría bien haber experimentado lo que es estar sola, porque yo "a novio muerto y novio puesto". No estoy de acuerdo, obviamente. Algunas mujeres nacemos para estar siempre en pareja. Pase lo que pase, yo prefiero siempre tener a un hombre a mi lado. Y muchas me critican por esto. Gladys, por ejemplo, dice que si junto a cada uno de mis amantes y los meto a todos en un Vitamix no saco ni pa' media piña colada. ¡Siempre tan sarcástica! A mí en verdad me importa poco lo que piensen mis amigas. Porque al final, la más feliz de todas siempre soy yo.

Me casé recién graduada de la universidad, como Dios manda. Bueno, más bien como Jesucristo El Salvador y el Espíritu Santo mandaban en aquel entonces. A Richie lo conocí en la *high*. Es un tipo bien cool. A veces pienso que es más bueno que yo. Victoria dice que por eso todavía no puedo quedarme embarazada. Porque los niños escogen a sus padres y mis hijos piensan que me toca relajarme y cooperar, y dejar de ser tan intensa. Y que mi problema es que me creo mejor que nadie. No sé cómo tomar sus comentarios. Yo siento que ella en el fondo tiene buenas intenciones, pero es tan dura conmigo a veces . . . Claro, ¡como ella se preña de que la miren!

Alucino con la capacidad que tienen algunas mujeres de juzgar a otras. Victoria hiere con sus palabras y lo peor es que ni se entera. Linda asegura que es porque esta es su primera vida. Que yo estoy en mi segunda y por eso estoy a otro nivel. Dice que cuando le hable a personas con ese nivel de *unawareness*, debo tener mucha compasión. Astrid opina que es cuestión de actuar desde un espacio de amor y no de miedo cuando le hable a Victoria. Y que si me afecta demasiado lo que me dice, debo mirar hacia adentro y ver cuál es mi responsabilidad en eso que tanto me incomoda. Según ella, el 95% de los comentarios que nos molestan son verdad. Pero Cecilia dice que puede que sean la verdad de esa persona y no la mía. ¿Y qué pasa con el otro 5%? ¡Ay, qué revolú! A mí es que estas cosas tan esotéricas no me gustan demasiado. Creo que tiene que ver con mi formación religiosa. Aunque ya no creo como antes, fueron muchos años de devoción. Hasta líder de la juventud en el templo fui. Mami dice que esas experiencias me han hecho ser la gran mánager que soy hoy en día. Y la gran esposa que soy también. Aunque María diga que soy esposa antes que mujer, yo tengo muy claras mis prioridades y mi misión en la vida. A diferencia de Victoria, por ejemplo.

En mi casa soy como mami. En el trabajo, como papi. Al menos eso piensa María, la única de mis amigas con quien puedo hablar de trabajo y carrera, y me comprende. Nos conocimos en el trabajo. De hecho, fue mi primera jefa importante. Siempre la admiré mucho. Pero cada vez que se lo decía, ella me respondía: "Alábate pollo, que mañana te guisan". Yo nunca entendí qué quería decirme hasta que Martita me lo explicó en puertorriqueño (de la isla): "Nena, eso quiere decir que no le lambas el ojo que no le gusta".

Yo creo que el problema es que justo venía de renunciar a mi *shitty job* y estaba eternamente agradecida por la oportunidad y la confianza que me dio María. Por eso se lo decía cada vez que tenía un *break*. Yo sólo tenía veintisiete años y ella treinta y dos. Pero me trataba como una nena. Es verdad que tenía mucho que aprender, pero me molestaba mucho que contara conmigo para todo —¡bastantes veces que le cubrí el culo delante del jefe!— pero a la hora de la verdad, me veía inmadura. En una evaluación que me hizo, me dijo que "tengo mucho potencial pero que lo de manejar personal todavía no lo dominaba porque soy muy intensa". ¡Me dio un coraje tan grande! Cuando le conté a Linda me dijo que el coraje no es más que dolor no procesado. Por eso acepté la invitación de María de ir a yoga y así conocí a Ceci. Poco a poco, entre pranayama y mantra nos fuimos haciendo amigas. Bueno, lo de los mantras nunca lo dominé. El maestro hasta me preguntó un día que si yo no entendía inglés porque nunca me veía cantando los mantras. Creo que me recuerdan demasiado a los cánticos de la iglesia. Y como Linda dice que tengo trauma con mis años pentecostales ... En fin, al menos logré ganarme la confianza de mi jefa. Y así me dio mi primer aumento de salario. ¡De un 25%, además! Richie dice que soy la más talentosa en la oficina y que me lo merecía. Pero él piensa que tengo el culo de Kim Kardashian y las tetas de JLo, así que a veces lo ignoro. Claro que él para mí es Chayanne.

Todo iba de maravilla en mi trabajo. Llegaba primero que nadie y me iba última. Porque papi siempre dice que uno nunca debe irse de la oficina antes que el jefe. Me vestía bien fashion, con *lipsticks* llamativos y zapatos bien altos. Papi también dice que la gente alta tiene vidas profesionales más exitosas porque los demás los ven como autoridad y los respetan. Me hice amiga de mis compañeros y en poco tiempo me gané el cariño de los carteros y de las muchachas que limpian el baño por las noches, porque siempre era la última en irme.

Cuando llegaba a casa, terminaba de descongelar el pollo que Richie sacaba del freezer y le preparaba un fricasé, o hacía pollo frito, o alitas con salsa BBQ, o mofongo relleno de pollo, que es el favorito de mi maridito. Todo iba viento en popa y yo seguí creciendo profesionalmente cada día. Aprendí rápido. Sobre todo, las mañas de mi jefa. Por ejemplo, se ponía bien *crankypanky** cuando alguien venía a su oficina con un problema y cuando ella tenía que preguntarles: ¿cuál es la solución? "Nada me jode más que la falta de proactividad", me decía siempre. Me decía también que me estaba preparando porque no estaría allí toda la vida y que yo debería reemplazarla cuando decidiera irse de su puesto. Pero no se iba. Se quejaba, pero no se iba. Y yo, que soy tan determinada, opté por irme primero. El día que se lo dije fue el último día en que la vi. Bueno, nos hemos visto después pero ya no es lo mismo. María jamás me ha perdonado que renunciara. Lo ha tomado como una traición. Le ha dicho a todos que la ambición pudo más que la lealtad. Y eso me ha dolido mucho. Pero duele porque reconozco que tiene algo de razón. Jamás pensé que quisiera ser la jefa, pero en el fondo siempre lo he sido. En mi casa, cuando papi no le hacía caso a mami y ella lloraba, yo era quien ponía el orden. En mi matrimonio, cuando a Richie le dan los ataques de ansiedad por exceso de trabajo soy yo quien resuelve y toma las riendas. ¡Ese mes hasta pago la renta! En la oficina, no podía ser la excepción.

Yo también me sentí traicionada por mi amiga. Pero lo peor es que traté de disculparme y ella me habló tan amorosa, como sólo ella puede ser, y eso me dolió aún más. María tiene un corazón muy noble. Por primera vez, sentí

---

* Nivel más alto, pero fácilmente alcanzable, de los más cascarrabias. *Crankyness* a otro nivel.

que Yamila tenía razón: mi marido es mejor persona que yo. Porque él jamás hubiese hecho esto. Él se hubiese quedado en ese trabajo hasta coger el seguro social, con tal de no hacerle daño a su amiga. Ese nivel de abnegación a mí no se me da nada bien. Porque me recuerda a mami. Y al final, eso es lo que no quiero ser: una mujer abnegada y aguantona. Yo prefiero ser la que manda, la jefa. La que tiene el toro por los cuernos en todo momento. Es mi manera de sentirme en control de mis propias emociones, creo.

Cuando se lo conté a Astrid en un *brunch* vegano kilométrico, me dijo que no puedo controlar la reacción de mi jefa. Que en la vida, lo único que verdaderamente podemos controlar son nuestras intenciones. Mas nunca los resultados. Esto me dejó un poco trastornada. ¿Será que María duda de mis intenciones? ¿Tal vez se me distrajo la moral un poco, como dice Martita? ¿Qué más se supone que hiciera para expresarle mi agradecimiento por la oportunidad que me dio? ¿Que le besara los pies? Si hasta me raspé esas clases de yoga de hora y media que daba Ceci por par de meses, con tal de hacer *bonding*. Y hasta me iba a su casa en *Upstate* a pasar los wikenes largos en vez de estar buscando marido. Yo lo único que quería era aprender de ella lo más que pudiese . . .

Lo próximo que supe de ella fue el día del post en su Instagram donde ponía una foto de Amy Schumer abrazando a Ellen DeGeneres y el *caption* leía: #solidaridadfemenina #relajateycoopera #hedicho.

Estoy convencida de que eso fue para mí. María siempre ha tenido una forma muy sabia de dar lecciones de vida. Y usa el humor como su mejor arma para desarmar al enemigo. Y los hashtags.

Reconozco que este post me cayó como un balde de agua de coco bien fría. Dejé pasar varios meses antes de contactarla de nuevo. Un día soleado, me entró la nostalgia y le mandé un texto que decía: "¿Ya?". Esa técnica infalible me la enseñó Patu, el amigo de Victoria. Dice que cuando la gente tiene coraje, lo que uno tiene que hacer es usar el humor y lo más simple, para hacerlos reír y que se les pase. Cuando se pelea con Victoria (dos veces a la semana, más o menos), siempre le manda ese mensaje y ella no puede hacer más que reírse y responder: "Depende".

A María le gustó el chiste y me respondió con un: "Pensándolo". A sugerencias de mi marido, la dejé en paz hasta nuevo aviso. El problema es que el nuevo aviso tardó tres o cuatro meses más en llegar. Y ya no era lo mismo. Nunca más ha sido lo mismo. Quizás ella nunca sepa lo mal que me he sentido por todo esto. Lo que ella no sabe es que a mí alguien me hizo lo mismo en mi trabajo anterior y que puedo comprender cómo se siente. Claro que jamás he podido volver a ser amiga de esa persona . . .

Han pasado ya tres años desde mi renuncia y Richie todavía insiste en que seamos amigas de nuevo, que María es buena influencia en mi vida, que son peleas de *high school* . . . Y que si no fuese por ella, jamás tendría la posición de directora de departamento que tengo ahora. Mami dice que a la gente talentosa siempre le hace falta alguien aún más talentoso que lo descubra, le dé una oportunidad y lo ayude a desarrollarse. Yo, por ejemplo, estoy tratando de ser buena jefa. Pero me cuesta mucho, lo admito. En el fondo pienso que tal vez María tenía razón. Por querer crecer de prisa, he terminado metiéndome en aguas muy profundas, repletas de tiburones y mucho plástico barato.

Así llegaron a mi vida las chicas Tupperware. Con mucho plástico en la tapa y garantía de por vida. Así son ellas. Tres mujeres cuarentonas, casadas con sus *high school sweethearts* como yo, manejando *minivans* repletas de niños que van a los mejores colegios de un solo sexo. Todo bien hasta aquí. Total, tolerar al prójimo siempre se me ha dado de lo más fácil. Pero con lo que no contaba mi astucia era con lo que llegarían a representar estas damiselas en mi vida profesional diaria. O sea, ¡que eran más jodidas que María y más malas que Caín!

Mis días en aquella oficina fueron increíbles. Increíblemente infernales. Tan terrible era el trío aquel, que más de una noche llegué a tener pesadillas con ellas. Y pensaba en María todos los días. Hasta soñaba con que venía y me abrazaba y me decía: "Tranquila nena, tranquila". Esa misma noche, creo que en ese mismo sueño, ¡zas!, quedé sentá al despertar abruptamente de uno de los sueños más perturbadores que he tenido jamás. Allí estaban ellas: Plasticia, Sandía y Vivoriana. Cual de las tres más cabrona.

Conste que el orden en que aparecieron no tenía nada que ver con su nivel de maldad. Simplemente eran personas con la mente cochambrosa y la moral distraída. Ahora que lo pienso, tal vez así se sentía mi jefa conmigo después de lo que pasó . . .

Digo, tampoco eran tan brujas como otras que conocí después. Lo cual me hace darle pa'lante al casete un momentito y recordar mis días junto a I.G.G.I. (Intellectual Genius with Gender Issues, por sus siglas en inglés). ¡Qué mujer más hija de puta, por Dios! Y yo me pregunto: ¿Por qué será que siempre hay alguien destinado a jodernos la existencia en nuestro lugar de trabajo? No me extrañaría nada que la señorita Karma tenga algo que ver aquí, como asegura Linda. Nadie me puede decir que es lógico que una llegue toda entusiasmada a una posición para la cual se ha preparado en la universidad y por la cual ha trabajado como puta (¡aunque las putas cobran bueno, ahora que lo pienso!), y estos seres humanos con pocas ganas de trabajar y muchas de mortificar, te usen de espejo. Ajá, porque no me cabe duda de que eso fue lo que pasó. Yo, con un semi-afro bien nítido, chamaquita, incluso hasta medio boba todavía, les servía de reflector. Me las imaginaba mirándose en el tocador y diciéndose a sí mismas: "Misma, ¿te acuerdas cuando te esbaratabas con tus panas y llegabas al día siguiente *hungover* y feliz, y dormías siestas debajo del escritorio? Cuando eras una mujer libre y no te importaban los sombreros ni los almuerzos cívicos . . .". A estas, lo que más les jodía de mí era mi vida. Simple, divertida, llena de amigos, *parties*, viajes exóticos y sexo. Mucho sexo. Como dicen que nada peor que una mujer mal follada . . . ¡pues imagínense TRES!

Pero a pesar de que la insensatez de la juventud (bendita insensatez) no me dejaba ver claramente tanta malicia, mi lado menos mongo me decía: "Alerta TUPPERWARE!". Fue en una mañana veraniega cuando se dio el gran descubrimiento. Sonia, mi otra compañera y dupla, y yo, desenmascaramos a las cabronas en una reunión de *brainstorming* o *recap* (como las llamaba Plasticia, tan cool ella).

Menos mal que para estos casos, siempre hay alguien con seso cerca de uno. Ana Lesbia (como le decía de cariño a mi amiga del chilingui en la ofi) era una chica talentosa y dulce. Con bastante millaje y experiencia en el mundo de las 'Mari Chochis', además.

Por esto nada más pienso que es una grande. ¡Qué mejor apodo para este tipo de mujeres plásticas, superficiales y mortificantes! Desde entonces, toda aquella fémina con cualidades bichísiticas pasaría a llamarse Mari Chochi. O sea, que nos convertimos en una especie de registro demográfico, cambiándole el nombre a *tutti il mundi*.

No sé si sea una cuestión cultural; como un efecto secundario del latinaje, pero siempre me ha sorprendido la capacidad de ser bicha que tenemos las mujeres en esta industria. ¿O será requisito para obtener algún puesto en una oficina de relaciones públicas? Que yo sepa, nunca he firmado una cláusula que así lo indique. Pero aprovecho este medio para hacer un llamado a la concienciación. Que los departamentos legales de cada empresa de publicidad se pongan pa' su número y acaben de incluir un relevo de responsabilidad. Algo así que diga: "Autorizo a mis compañeras de trabajo a mandarme pa'l carajo dada la situación de que el puesto que aquí acepto (ver anexo 69) tenga un efecto adverso en mí, convirtiéndome en tremenda cabrona, maricona e hija de puta". Seríamos muchas más las desempleadas, sin duda. Pero al menos hoy yo no tendría problemas estomacales. "Si tan sólo les pudiera decir que se fueran a coger por el culo o que les deseo de todo corazón que las viole un toro . . .", añoraba aquellos días.

Tanto que me quejé de mi trabajo anterior . . . En este, daban las cinco de la tarde (en punto y sereno) y yo quería matarme. El mero hecho de pensar que tendría que regresar al otro día, me causaba diarrea. Era como si mi cuerpo rechazara las dosis diarias de mala leche. Aunque en verdad creo que es que soy alérgica al plástico . . . ¡Qué se yo! Cuando sentía que perdía la fe, el Espíritu Santo de María y José me vino a ver. Y el gran día llegó. Como el sufrimiento tiene límites, entré a la sucursal de la bicha mayor y dije:

—Buenos días, Plasticia. ¿Tienes un minuto?

—¿Como te puedo ayudarrrrrrrrrrrrrrrrrrrrrrrrrrrrrrrrrrrr? —respondió, con esa jodía manía de arrastrar la *r* al final de cada palabra, cual Datsun con el mofle malo.

—Estoy harta de sus malos tratos, actitudes y comentarios malintencionados —abundé—. Así no puedo seguir trabajando. Prefiero regresar a mi puesto anterior en el piso de abajo.

—Cómo va a serrrrrr. No lo puedo creerrrrrrrrrr. ¿Por qué piensas que te queremos joderrrrrrrrrrrr? —ripostó la muy bruta.

Pobre. Si supiera que nada más oirla hablar ya me jodía . . . pero ¿cómo no?, si no había reunión que no empezara con una interesante crítica de la vieja recalentada que se ajumó y enseñó las enaguas bailando al ritmo de "Gasolina", en el más reciente *party* de disfraces de las chicas cívicas del Club Náutico. ¡Inmamables las tipas, inmamables!

Nunca olvidaré el día que se formó la de San Quintín a plena luz del sol. Sandía se empingó porque Vivoriana, también conocida como 'Cascabelito' (pues no tenía que abrir la boca para soltar su veneno, cual serpiente cascabel) se puso a decir que ella tenía las caderas y el culo más grandes. Y no es para menos, si la pobre Sandía (tan desabrida y líquida como la fruta) se mataba haciendo yoga y *jumping jacks*, corriendo. Todo para mantener la cordillera central que tenía por caderas en su sitio, porque la nueva novia de su ex, 'El Multi' (como le decíamos de cariño porque estaba forrao de billete, la única cualidad destacable que tenía el hombre) era flaca, linda y buena gente.

Le dieron por dónde le dolía, claro. ¿Ana Lesbia y yo? ¡Meadas de la risa! Porque la queja no tardó nada en llegar a la oficina de Plasticia, quien optó por resolverlo de la mejor manera que ella sabía: abriendo los ojos como vaca cagona, y diciendo: "Me rosa lo que diga Vivoriana". Claro que, minutos más tarde, le diría lo mismo a Vivoriana, pero al revés: "Me rosa lo que diga Sandía".

¡Viva la diplomacia! Ya ven que es don de los elegidos . . . Y cuando dijeron: "Diplomáticas al agua", Plasticia apenas llegaba al spa para hacerse el *bikini wax*. Y yo extrañando a María cada segundo.

Paradógicamente, decir que trabajar allí no fue fácil sería mentir. Fue lo más fácil que he podido hacer en mi vida. Y ¿cómo no?, si con semejante espectáculo diario de anormalidad, ¿quién se aburre? Con los años me di cuenta de que Plasticia no era tan mala. Más bien todo le rosaba por el centro del pecho. Es más, me gustaría poder decir que el alma se le pasea por el cuerpo. Pero creo que sería un *understatement*. ¡Qué alma ni qué carajos! Si esta aburrida mujer sólo siente/reacciona/padece cuando alguien le dice que Yves Saint Laurent es un pendejo o que Coco Chanel era fea.

Ahora que ya no tengo que verles las carotas nunca más, las visualizo de viejas. Un ejercicio que me gusta hacer cuando me atormenta el recuerdo de aquellos días: Las tres sentadas en un circulito con sillas plásticas de marquesina (de las blancas que venden en Walmart), cada una con un dubi-dubi, ataviadas con un *mumu* oloroso a habichuelas, pero con sombreros con nidos y pájaros incrustados. Pelando al universo entero (sus madres incluídas), al ritmo de: "Una libra de cadera no es cadera". Nada cómo imaginarte a alguien que te ha jodido la vida, con hemorroides, sin marido y sin dinero; la peor pesadilla de cualquier Mari Chochi. Pero cómo hay que desear el bien, sin mirar a quién, yo digo que mejor que mueran locas. A pesar de que esto me costó mi trabajo y mi paz mental, las he perdonado. Porque no es bueno albergar rencores. Si es cierto que Dios castiga, compartiré mi condena con todo aquel que peque de Mari Chochi en algún momento de sus vidas. María no queda impune, conste. En el fondo, también tiene algo de engreída. Pero incluso he aceptado con humildad que habrá muchas más Mari Chochis en mi vida profesional. Y tal vez me haya convertido en una de ellas. Que al final del cuento, no hay que ir a una demostración de esas de Tupperware para comprender a qué se debe el gran éxito mundial de la marca: ¡Coño, si cuando el plástico se daña, te lo reemplazan por uno nuevo!

Estoy convencida de que tener a Richie es lo que me hace ser mejor persona, mejor mujer. Me doy golpes de pecho porque entre tanto lío laboral, mi marido y yo siempre seguimos juntos y felices. Me acompaña a cada evento, se pone su chaqueta y su reloj caro y no dice ni jí. Una mujer completa tiene marido. Aunque tal vez jamás vuelva a tener amigos en el trabajo.

Tal vez mi definición de éxito haya cambiado a fuerza de golpes. Tal vez me toca recalibrar mis intenciones, como dice Linda, para que nadie vuelva a dudar de ellas como María.

Pero de lo que no me cabe duda es de que prefiero ser intensa antes que jamona.

Soy intensa. Lo sé. Y con esta intensidad que el Espíritu Santo me dio —y que ni el pobre Richie me ha podido quitar— meteré la pata una y otra vez. Perderé amigas y cambiaré de trabajo de seguro. Seguiré mi búsqueda de la verdad, de mi verdad. Porque el que busca, encuentra.

. . . .

CAPÍTULO 9

#ELISA

Nunca quise casarme ni tener hijos. Es más, mi abuelita Lita siempre decía que de mis tres hermanas, en el fondo, yo era la más puta. Así nació mi sobrenombre por excelencia: La Player. Ni siquiera las amenazas de mami de que se me iba a ir el tren o de que la soledad es una cosa tremenda, me hicieron sucumbir al matrimonio —el cual, a su vez, es como el demonio—. Total, no ha nacido la mujer que se atreva a decir que si volviera a nacer se casaría de nuevo. Mucho menos, con el mismo ser humano.

María y Martita opinan que a mí lo que me amargó fue lo del cubano. Zulma y Victoria —las más felices del grupo, quienes se autodenominan "las pobres"— aseguran que vivo eternamente enamorada de mi primo Juan.

Gladys dice que "debería meterle a la poligamia". Que soy candidata perfecta para ese "jangueito". Linda y Astrid, sin embargo, son más compasivas. Ellas le achacan mi decisión a aquel episodio fatídico que viví cuando tenía cinco años.

Papi llegó del trabajo más temprano de lo usual. Parece que algo no había salido bien en el negocio y cuando mami le cuestionó que dónde estaban los plátanos que le había encargado, tiró una taza de café recién servido al piso. Los que saben esta historia dicen que esto me puso dura e intransigente, y que por eso me he quedado a vestir santos. Por cierto, ¿qué tiene de malo vestir a un santo? Es de esas amenazas latinoamericanas que jamás entenderé. A mí que los conventos me dan un morbo tremendo . . .

En verdad, puede que tengan algo de razón mis amigas. Todavía recuerdo claramente cómo la taza de porcelana blanca con flores rosadas y verdes, con borde dorado pintado a mano en Sevilla cayó al piso de mármol en el sala de la casa que recién compramos. En un intento de mejorar la relación, papi le sugirió a mami que empezaran de nuevo, en una urbanización distinta, en una casa más grande, con patio para nosotras y perro incluido. Pero mami ya no quería a papi. O al menos, eso asegura cada vez que se acuerda de "mi padre". Esas inofensivas dos palabras que al ponerlas juntas le hacen temblar el paladar del coraje tan grande que le da. "Tu padre" se convertió en el insulto por predilección de la madre que me parió. "Ay, mami, eres una intensa", le dije al cumplir mis doce primaveras. "¡Tu padre!", respondió de ipso facto. "Odio esta escuela", le repetía una y otra vez cuando me hacían *bullying* —o sea, cada dos días más o menos—. "Tu padre", me respondía sin cesar. Y así siguieron pasando mis días en el trópico.

Justo par de días después de celebrar mi cumpleaños número siete, me contaron que se iban a divorciar. Nunca olvidaré ese día porque cuando me lo dijeron, se me salió una lágrima y le pregunté a papi: "¿Y tú también te vas a divorciar de mí?". Mi pobre madre que estaba tratando de mantener la compostura en lo que seguramente ha sido el peor *speech* de su vida, no se pudo contener y rompió a llorar conmigo. Papi me dijo que no y que ahora me vería más que nunca porque nos llevaría a la escuela todas las mañanas. Típico comportamiento del padre culpable. Menos mal que de inmediato negocié un helado de chocolate de Howard Johnson's cada domingo a cambio de no verlo por las noches. Aceptó.

Creo que tenía diecinueve años la primera vez que me di cuenta de que mis padres eran personas. Es raro pensarlo, pero en el fondo nunca quise que mami, como mujer, le diera otra oportunidad a papi, como hombre. ¡Y mira que él trató! Confieso que a veces pienso que me tragué a una feminista de esas que piquetean y todo, y en estos casos, me gritan al oído: "¡Pa'llá que ni mire!". O tal vez sea la voz interior de esa que tanto habla Cecilia. Por otro lado, cuando me pongo necia, oigo las infinitas cantaletas de María cuando me dice que a los hombres hay que darles segundas oportunidades porque son morones de nacimiento y que si Juanito vuelve ella le da el *break*. Creo que por eso doy gracias de que vive en Madrid. Como si me hicieran falta más voces en esta cabeza que Dios me dio y el hombre ha invadido. Así, sin joderme mucho, ya he identificado unas setenta y ocho. La de hija siempre ha sido bastante permisiva. Y embustera. Claro que a papi siempre le hice creer que estaba tratando de ayudarlo convenciendo a mami de que le contestara las llamadas. También lo acompañé varias veces a comprarle pantis y brasieres nuevos para San Valentín.

Para entender el seso de mi padre habría que hacer dos cosas: vivir en casa de los Sopranos por tres meses y ser loco. Loco certificado. La teoría de mami es que mi bipolaridad viene de la cepa de los Ortiz, o sea, del lado de mi papá. "Tu padre es un bipolar no diagnosticado", alega hasta el sol de hoy. "Pero mami, si tú llevas veinticinco años diagnosticándolo. ¿Eso no cuenta?", le cuestionó una de mis hermanas. "¡Tu padre!", respondió. No hay forma.

La sicóloga número noventa y cinco que visité —y la única que tenía lógica— me dijo que mi problema es que tengo coraje con papi. Y que el coraje no es más que dolor no procesado. Linda siempre me dice lo mismo. Pero yo no entiendo estas cosas. ¿Cómo carajo se supone que se procesa el dolor? El dolor se siente o no se siente. Como el amor. Está o no está. Se da o no se da. Es o no es. Ceci me dijo un día que el cáncer es coraje. Esto tampoco lo entenderé jamás.

—¿Me quieres decir que tengo cáncer porque tengo coraje? ¿Y que el coraje es dolor que no he procesado? ¿Y que si lo proceso me curo? *What a bunch of bullshit!* —cuestioné a la única yogui con credibilidad que conozco.

—Son esas emociones no manejadas adecuadamente las que nos enferman, Eli. Todo ese dolor que guardas en tu corazón, en tu hígado y en tus riñones, contamina la sangre y a eso lo llamamos cáncer. El coraje es cáncer y el cáncer es coraje —me explicó Ceci.

Es cierto que tengo coraje con papi. Y con mami. Y con el cubano y con la madre que lo parió. Y con cada uno de los cabrones que se rieron de mí en el colegio y no tenían dos dedos de frente. Y con las maestras por cobardes. Y con el vendedor de La Esquina Famosa que siempre convencía a mami de que me comprara el uniforme un *size* más grande. Y con la maricona que me cortaba el pelo en Pimpolín y me dejaba como Cepillín con aquel *boy* del demonio que se empeñaba en hacerme cada vez. Pero tampoco me considero una *hater*, como me dice Zulma. Cuando no estoy en depre, puedo ser muy amorosa y divertida. Martita dice que la hago mearse de la risa. Bendito, ella siempre me llama y está pendiente de cuándo me tocan las quimios. A veces me llama demasiado, pero igual sé que tiene buenas intenciones, así que trato de que no me entre la neura cuando veo su número de teléfono en el celular. Reconozco que la admiro porque en el fondo siempre he querido tener su pelo largo y lacio. También porque es noble. Y consciente de lo que pasa a su alrededor. Un don en peligro de extinción.

Digan lo que me digan, nadie se merece tener cáncer. Y mucho menos a los veintitrés años. El día que la quinta radióloga que me vio al fin me diagnosticó con cáncer de mama, ese día sí que sentí coraje. Si las teorías sin sentido de Ceci fuesen ciertas, entonces tal vez ese mismo día mi enfermedad se hubiese regado por todo mi cuerpo. Porque sentí ganas de ahorcar a la doctora. Y a su secretaria. Y a la asistente que tenía unos zapatos horrorosos de esos de los años noventa, de los que son cerrados al frente, puntiagudos y de taco bajito como de abuela con hemorroides. Sólo había tenido ganas de matar a alguien —que no fuese a mí misma, claro— una vez anteriormente. Fue el día en que mi hermana menor me dijo que era una rara antisocial y amargada y la corrí por toda la casa con el cuchillo de cortar queso que mi tía le regaló a mami para su cumpleaños. Obviamente, no logré mi cometido. Pero sólo porque abuela se metió de por medio porque yo no estaba en mí. Con el pasar de los años nos reimos de mis loqueras, como les dice mami a mis episodios maníacos. También les llama *biocos*. Porque hasta los ojos se me viran a veces. Como en *El Exorcista*. Es tanto el desabalance de dopamina que tiene mi pobre cerebro en sobreuso que es un milagro que la cabeza completa no me gire como a la nena de mi película favorita de todos los tiempos. Otras veces digo incoherencias —muy coherentes para los que son como yo, claro está—. De vez en cuando oigo voces que me dicen que salte de un puente o que no me levante de la cama en cuatro días, ni para bañarme. El apetito sí que no lo perdía por nada del mundo.

Cuando no tenía la mente enferma, era el cuerpo. Bipolar y con cáncer. ¡Hay que joderse! Tal vez mi abuela tenía razón cuando repetía esa otra amenaza latinoamericana que tanto le gustaba: "Es mejor morir chiquito". A mí siempre me sonó cruel. Porque aunque no me gustan las niñas, me fascinan los niños. De hecho, cuando Martita perdió a su bebé, lo primero que se le ocurrió preguntar a mi mente enferma fue: "¿Era nene o nena?". Creo que lo hice porque eso seguro me ayudaría a procesarlo mejor. Si era nena, pues aplicaría mi teoría de que las mujeres somos unas cabronas a las que nos gusta hacernos las víctimas, dramáticas y manipuladoras. Los nenes, sin embargo, son lindos e inteligentes. Otra contradicción más, fruto de mi locura certificada. Mi hermana, la profesional, siempre me dice que deberían hacer un *reality* conmigo. Que las Kardashians son unas pendejas al lado de las anormalidades que pasan en nuestra casa.

Lo peor del cáncer fue perder el apetito. Comer era de los pocos placeres que me daba la vida y que verdaderamente disfrutaba. Bueno, poner mis discos de vinilo también me daba bastante placer. Pero según me fui poniendo peor, ya se me hacía difícil hasta caminar. Parece que tenía mucho coraje también en el coxis. Y luego en los huesos. Y en un ovario. Y en un pulmón. Y en el otro.

Siempre seguí las reglas, como buena nerd que siempre he sido. Mi cáncer no fue la excepción. Hice todo lo que me dijeron el oncólogo, el geneticista, la ginecóloga, el radiólogo, el cirujano oncólogo, las enfermeras y, sobre todo, la madre que me parió. A papi le hacía menos caso, pero esto fue más bien una decisión que tomé el día que me di cuenta de que mi compañero de juego me había abandonado para siempre. Tenía como once años. Mi hermana menor, sin embargo, lo supo de inmediato. Y creo que por eso tardó menos en procesar la separación. Yo es que nunca lo he superado.

Mi relación con papi era buena. De hecho, cuando estaba con él, me aseguraba de que se sentía orgulloso de mí. A él le impresionaba bastante mi inteligencia y mi memoria fotográfica. Todavía guarda las grabaciones de cuando yo tenía un año y medio y ya hablabla clarito. Le encantaba leerme los cuentitos de Disney que venían en un casete. Yo, que me creía ya muy lista, me memoricé el sonidito que hacía el hada madrina para anunciar que tocaba voltear la página, y papi se pasaba las horas muertas grabándome a mí haciendo los efectos de sonido cada vez que él terminaba de leer una página. De mi hermana menor le impresionaba su espontaneidad y la manera en que mueve las manos al hablar, al reir, al respirar. . . De la profesional, la del medio, le encantaba lo atrevida, aventurera y loca que.

La segunda vez que me dieron quimio y la radio, papi me pidió ser él quien me acompañara. Creo que en parte porque se sentía responsable de mis dos enfermedades

—mis tías también tenían cáncer y ya me habían confirmado que es genético— y en parte porque siempre quiso unirse a mí y recuperar el tiempo perdido pero nunca se atrevió. Acepté. Lo curioso es que mi coraje con él salía a relucir cuando estaba en crisis de la cabeza. Pero durante los siete años que luché con el puto cáncer, sólo me deprimí mientras estuve en remisión. Linda está convencida de que es porque el cuerpo es sabio y hubiese sido imposible estar mal de la mente y vomitando con la quimio a la misma vez. Pero yo muchas veces hubiese preferido estar fuera de mí. Esos tratamientos son el peor castigo que se le puede dar a quienes no hemos procesado el dolor. O sea, a los que tenemos coraje con la vida. *We, the haters.* ¡Vaya mierda!

Mi diagnóstico de cáncer fue como cuando me compré el Mini Cooper rojo con espejitos y techo blancos. Nunca había visto uno así en mi urbanización hasta que lo traje a casa. Dondequiera que me paraba, venía alguien con la cantaleta de que si "Mi prima tuvo cáncer y se veía bien linda calva. Mi tío ganó la batalla y hasta tuvo dos hijos después de que le cortaron un huevo. A la amiga de la prima de la vecina de mi abuela le cortaron las dos tetas y las de embuste que le pusieron le quedaron de show. ¡Mejor que las de antes! Mi perrito también tiene cáncer. De riñón. ¿Dónde es el tuyo?". A la verdad que la gente es la changa, como dice Martita. Luego me dicen que la amarga soy yo. ¡¿Pero cómo no amargarse con tantas sandeces?!

No es que pueda decir que alguna vez tuve las riendas

de mi vida, pero esos tiempos fueron muy intensos. Más que Zulma y María juntas, ovulando. Y hablando de óvulos, menos mal que yo ya no tengo nada de eso. Estoy vacía. Completamente vacía por dentro. Cuando me hicieron la mastectomía, me sugirieron hacerme una histerectomía a modo "preventivo". Este bombazo navideño me lo zumbaron a pocas semanas de haber cumplido los veintisiete. Yo, cual niña obediente de colegio católico, accedí sin pensarlo demasiado. Total, yo nunca quise tener hijos ni casarme.

Como no es lo mismo llamar al demonio que verlo llegar, cuando le conté al isleño que no podría ser mamá nunca, jamás me volvió a escribir por el chat. Cuando yo más necesitaba nuestras conversaciones kilométricas e ilógicamente maravillosas. No era la primera vez que le daba complejo de Houdini al cubano. Pero sí la vez que más me dolió. Todos siempre pensaron que soy asexual. Y puede que sí lo haya sido por mucho tiempo, pero con él todo era distinto. A la distancia, sentía cómo me amaba. Cómo me acariciaba. Cómo me hacía suya. Cómo me pedía que me casara con él. Y cómo yo aceptaba, le paría cuatro hijos fruto de nuestro amor eterno. "Tú en el fondo lo que eres es un mamey", me dice siempre Yamila. "Señore, eta lo que tiene e un corazón de mamey", gritaba a los cuatro vientos cuando me venía a ver a la quimio, como para hacerme reír un poco. Y reconozco que a veces lo lograba. Porque además del apetito, mi sentido del humor era lo que más me daba fuerza para seguir.

Astrid siempre me dice que todo pasa en orden divino y que al universo no se le piden respuestas, sino claridad, luz para ver bien el camino que debemos tomar en cada situación. Estas boberías nunca me sonaron demasiado interesantes. Soy más esotérica que eso. El tema del destino me parece tan terrenal . . . Tal vez por eso es con ella con quien menos tolerancia tengo. Ceci, sin embargo, aunque es una gitana loca sin certificar y me agobia con el rollo del dichoso plan nutricional antiinflamatorio ese que hizo y el yoga y el Reiki, es quien más paz me da. Su presencia me hace sentir mejor. Una pena que con tanto viaje, nunca pudo estar muy presente en mis quimios. Porque además es tremenda contadora de chistes. No mejor que Álvarez Guedes, claro está, pero se defendía. Y nunca parecía cansarse de mi etapa *hyper*. Decía que prefería verme así que depre. Con Ceci se pasa bien y punto. Hay gente que nace con ese don de entretener sin intenarlo. Creo que se parece a papi en eso.

Mucha gente piensa que soy una guerrera, una dura, una titana. Y esto me jode demasiado. Nadie, absolutamente nadie, es lo suficientemente fuerte para asumir una enfermedad de por vida, que te chupa hasta la sonrisa. ¡Imagínate dos! No soy fuerte. Cada día es cuestión de sobrevivir. He hecho lo que he podido.

La muerte trae consigo algunas cosas interesantes. Por ejemplo, da perspectiva. No es que a mí me hubiesen importado demasiadas cosas antes de que papi se fuera, pero ese golpe sí que no me lo esperaba. En cuestión de veintiocho días se me murió mi compañero de juego. Y esta vez sí que me abandonó para siempre. La suerte es que pude averiguar una forma de liberarme de mi dolor físico y mental. Y sobretodo, del de mi corazón por su pérdida. Este cerebro creativo que Dios me dio, me permitió entender y aceptar que la muerte de mi papá, así de inesperada y por cáncer, no era más que el preludio de que yo tenía que ser la próxima. No es casualidad que mientras él se moría en el cuarto piso del hospital, yo —sin saberlo— me hacía mi última quimioterapia en el segundo piso del mismo edificio. Ya cuando mi pelo volvía a crecer un poquito y tenía cejas, sólo al mes de que papi se fuera, caí hospitalizada por setenta y dos días. Uno detrás del otro.

Tres tubos en mis pulmones, drenajes por todas partes, ya ni el show del mediodía me hacía sonreír ni por equivocación. Esa otra amenaza latinoamericana que dice la gente de que le duele hasta el alma, tomaba un sentido muy literal en mis días. De hecho, el alma es lo que más dolía de todo. Por supesto que a mis hermanas nunca les dije que mi corazón estaba en pedacitos y que extrañaba a mi papá cada segundo de mi miserable vida . . . "*When there is ego there is no* amiga", dice Linda. Ella piensa que mi dolor era tan grande que no fui capaz ni de expresarlo y que por eso apenas lloré en el funeral. Creo que fue el único día desde que tengo uso de razón —que tampoco es hace tanto— en que mami no se atrevió a pronunciar las palabras "tu padre" en una misma oración.

Lo bueno es que además de tener una perspectiva distinta de las cosas, porque nada, absolutamente nada, importa cuando se muere un padre, también descubrí que para uno morirse tiene que pedir permiso. Y también escoger a quién pedírselo.

—¿Cuándo me libero? —le preguntó papi a mi hermanita.

—Cuando tú quieras —le respondió ella entre llantos—. Pídele a abuela y abuelo que te guíen y te enseñen el camino —añadió.

—Esos llevan cuatro días buscándome y los he mandado pa'l carajo ya tres veces —fueron sus últimas elocuentes palabras, representativas de la locura esa de la que mami tanto hablaba.

Yo, como siempre he sido más controladora y muy organizada, opté por darle un par de instrucciones a mi hermana, la profesional, la más fuerte: "Haz lo que te de la gana siempre, hermana. No dejes que nadie te cambie. Cómprale a nuestro sobrino todo lo que quiera. Consiéntelo por mí. Dale besitos en los pies y enséñale mi foto de vez en cuando. Sino, vendré a jalarte los pies por las noches", fueron las últimas elocuentes palabras de la hermana más cascarrabias y dulce a la vez. La que siempre quiso casarse y tener hijos.

CAPÍTULO 10

#CECILIA

Estoy convencida de que el 90% de las personas llegan a nuestras vidas con el fin de cambiarnos. El otro 10%, sólo para joder. El detalle está en algo muy simple: nadie, repito, absolutamente nadie, puede cambiarnos. Por más que lo intenten, por más que se empeñen, por más que jodan.

Yo, por ejemplo, soy una yogui que escribe de vez en cuando como terapia para soltar esos pensamientos locos que no logro soltar en mis meditaciones kilométricas. Porque ni aún con calambre en la pierna izquierda —¿por qué será que siempre es la misma?— lo cual significa que llevo al menos treinta y tres minutos meditando, mi cerebro deja de actuar cual hámster en una de esas rueditas que les ponen en los laboratorios para que se ejerciten. No hay Mul Mantra ni retiros de tres días de White Tantric Yoga que logren callar todas esas voces que habitan en mi seso femenino, a veces más masculino.

Según Yogui Bhajan, la mente humana tiene ochenta y un facetas distintas. La meta de cada cual debe ser comprenderla para que se convierta en nuestra aliada en lugar de nuestro verdugo. La mente se divide en tres partes funcionales: positiva, negativa y neutral. El truco es saber coexistir con las tres y utilizarlas cuando más convenga. La positiva es esa vocecita que te dice: "¡Dale pa'lante con ese negocio que tú puedes. Que pa' eso te jodiste estudiando!" o "Bebe un poquito y no es sociable, pero seguro lo puedes cambiar. Agárralo que más vale pájaro en mano que piña debajo del brazo". La negativa, por su parte, es la que te protege de accidentes. Te grita: "Sal de ahí, chivita, chivita, que ese negocio no dará pie con bola" o "¿Borrachón y antipático? Espérate a que se casen para que veas que se convierte en Shrek". La mente neutral, sin embargo, es el merengue en puerta de colegio al mediodía: todos lo quieren alcanzar y meterle mano. Es ese lugarcito ideal donde uno quiere quedarse para siempre. Es ese guía turístico que te llevó a conocer lugares increíbles en tu viaje a la India y cuando se acaba la travesía te lo quieres llevar contigo a Nueva York. O a tu cama. Da igual. El *feeling* es el mismo. Cualquier parecido con esas mañanas cuando no tienes emails ni reuniones ni llamadas y te vas a la clase de yoga en horas laborales, como cuando cortabas clase en el colegio. A ese *feeling* me refiero. Es mi definición de libertad. Y para mí la libertad define mi éxito.

¿Cada cuánto logro poner mi mente en neutro? Más o menos cada muerte de obispo. Pero ese no es el punto. El punto es que se puede. Claro que se puede. Es entonces cuando entran en acción los nueve aspectos de la mente: el defensor, el mánager, el preservador, el artista, el productor, el misionario, el estratega, el líder y el maestro. Conste que son masculinos sólo porque se trata de aspectos. Y porque a la Real Academia (el Señor la tenga en la gloria) le da la gana de que el español sea sexista.

Cabe recalcar que estos aspectos son extremadamente selectivos. Entran en acción cuando les sale del culo y pocas veces aparecen en orden de importancia. Como si fuera poco, también tienen complejo de Gremlins: se reproducen, se multiplican con agua. Y se convierten en proyecciones. Esos veintisiete tipos de proyecciones, también se multiplican hasta llegar a contener en ellas un total de ochenta y un facetas de la mente humana. *"If mind is in your control and emotional feelings are your guide, you are not a human. You are an animal. Feelings are like waves. A boat doesnt need waves; it needs wind"*, asegura el creador de este arroz con pollo y rajas de aguacate.

De mi práctica de yoga Kundalini he aprendido mucho. Ahora doy clases cada semana y me siento más en paz conmigo misma. Y con Juanito. Y con Richie. Y con el Super Bro. Y el vikingo. Y con las madres que los parieron, los dañaron y los soltaron al mundo a que otras bregen con ellos.

Descubrí también que mi mente tiene ochenta y un dichosas facetas, por ejemplo. He aprendido que la gente más flexible, esas que estiran las patas y se tocan el ombligo con la nariz como si nada, son a veces las más inflexibles, las más intolerantes, las que más necesitan de nuestra compasión. Como el belga, con quien no logro hacer paz. Es de esos seres humanos injustos que matan a cuchillito de palo. Pero ya no me importa y eso es ventaja. Que para ser buena persona no hay que ir a la iglesia y para ser hijo de puta no hay que ser raro.

También aprendí que la mayoría de lo que pensamos no es más que el recuerdo de esa emoción —según algún científico que quiso vender libros, y con la excepción de la tristeza, que parece alojarse en el alma cuanto tiempo le da la gana— y apenas dura unos noventa segundos en realidad. A mí, la verdad, estas teorías me flipan. Juegan con mi mente. Digo, con las ochenta y un facetas de mi mente. ¡Cómo si ya no hubiese sido complicada antes de conocer a Yogui Bhajan! Ahora resulta que tiene ochenta y un compartimientos llenos de paja. ¿Será de ahí de dónde viene el término paja mental? Bueno, ya me distraje de nuevo. Ha de ser el compartimiento número sesenta y nueve que siempre toma la delantera en este tipo de conversaciones *kinky*. O el bendito complejo de María que me entra cuando más malfollada me siento.

El manejo del miedo es otra de las grandes lecciones de mi práctica. Pero reconozco que me aterroriza todavía la posibilidad de terminar como Carmen Sotomayor. Quedarse jamona era el terror de muchas mujeres de antes. Es la razón por la cual otras muchas se casaban con el hombre equivocado. Como método preventivo, las madres recurren a la leyenda de Carmen Sotomayor para intimidarnos y amedrentarnos una vez que cumplimos los veinticinco.

Tengo que reconocer que la mía es una mamá muy moderna, pero también ha sucumbido al maldito rollo de la jamonería. Aún no logra sobreponerse del trauma que mi abuela (quien no tuvo un hombre por más de cuarenta años) le creó al compararla con Carmen Sotomayor, la jamona de Cayey. Una humilde mujer que apenas cumplía los veinte años cuando ya todas la miraban raro. "¿Qué estará esperando esta pa' casarse? Se le va a ir el tren y no es chiste", comentaban las más putas del barrio.

Menos mal que aquellos eran otros tiempos . . . La gente tenía la mente de pollo y las mujeres estaban programadas para conseguir marido a cómo diera lugar. Preferiblemente, antes de los veinte, cuando todavía las carnes estaban libres de celulitis, supongo. Desde el punto de vista de Linda, a la que no le faltó marido pero sí un poco de calle, lo que necesito es darme un bañito con agua, sal y yerbabuena. Restregar muy bien el plexo solar y meditar al sonido de "hecho está, *so be it*" según voy visualizando lo que mi ser verdaderamente añora. "Ay bendito, pero ¿y cómo sé qué es lo que quiere?", comenta Martita que siempre entra en escena cuando más confundida estoy. Su capacidad de ver lo simple y complicarlo en tres segundos me alucina. Pero el hecho de que ella sí pueda ver lo simple es un verdadero regalo del universo. Cuando Astrid aparece por estos lares, que suele ser para fin de año y fechas especiales —porque siempre está en un viaje; literalmente— me recuerda que cada año uno debe ponerse una intención nueva y dejar que ese sea el norte, el motor que nos mueva. Todo mientras dejamos a los cerditos, los pollitos, las gallinitas, las vacas y sus terneritos en paz de una vez por todas, y la sometemos a comer —¡hasta el mofongo!— con palitos chinos. De ella he aprendido el verdadero significado de la amistad y la lealtad. Y que no hay que ser empleada *full-time* para tener prosperidad y abundancia. Que desde la comodidad de mi hogar, también puedo hacer dinero y bastante. Por eso viajo. Por eso he podido redefinir la palabra éxito: actitud de hacer lo que uno ama, hacerlo bien y con las mejores intenciones y tener tiempo para hacerlo todo. Astrid también está jamona. Pero a ella sí le resbala. No como a María, ni a Martita que las pobres, cuando están solas, se ponen un poco monotemáticas. "Se me va a ir el tren, nena", piensa Martita. "Mira cómo terminó Carmen Sotomayor", se repite una y otra vez la pobre de María.

A propósito, siempre me he preguntado a quién carajo se le ocurrió comparar a un tren con la acción de conseguir (o no) marido. Y conste que entiendo que en los tiempos de mi abuelita Lita, si se te iba el tren te jodías, porque el próximo no pasaría en días. ¡¿Pero por qué nadie ha hecho una revisión a esta frase en todo un siglo?! Cuando lo comparo con el *subway* en Nueva York, por ejemplo, tengo que decir que es MUCHO mejor dejar que se te vaya el tren. Porque el siguiente, no sólo vendrá rápido, sino que con menos gente. O sea, podrás estar más cómoda y no tendrás que agarrarte de los tubos hediondos donde la gente pega los mocos y el Swine Flu. Nada, que estas ideas anticuadas, sin quererlo, se nos meten en la cabeza y nos torturan, generación tras generación. Tan es así, que cuando nos tocó comprar un apartamento en Miami, mi hermana y yo optamos por el que quedaba justo al lado del Metromover. Desde mi ventana, podría ver el tren ir y venir. De esta manera, no sentiría esa presión de que alguna vez no lo volviera a ver pasar, pensé. Por eso he podido redefinir la palabra libertad: acción de hacer lo que te da la gana, hacerlo bien y tener tiempo para hacerlo todo.

Recuerdo cómo una tarde de verano, mami nos visitaba en este apartamento con vistas al tren. Se sentó conmigo en la sala a ver *Sex and the City* y ahí se jodió todo. "Hijita, ya hice paz con el hecho de que eres diferente a tus hermanas, pero recuerda lo que le pasó a Carmen Sotomayor, por favor", me dijo sin piedad. "¡Sea la madre de Carmen Sotomayor! Qué carajo tendré que ver yo con esa mujer que lleva años bajo tierra", me parecía escuchar a la libertina de Gladys decirme al oído. Bueno, a mí nada más se me ocurre ponerla a ver la serie de cuatro jamonas con pocas ganas de lavar calzoncillos.

¡Eureka! Aquí la gran lección del cuento. Tras esa incómoda conversación vespertina, aprendí qué decir cada vez que mami me agobia con el temita de casarme y no quedarme sola —y bla, bla, bla— para desarmarla. Me tomó años descubrirlo, conste. Pero lo logré. Y ahora ya no hay tren que valga. Ni Carmen Sotomayor que me amedrente. Ahora mis miedos son otros, claro. "¡Che, dejáte de joder y no te hagás la loca . . . El miedo no existe!", me gritó Victoria un día de esos que se me aparece de visita con cuentos de aquellos días porteños. ¡Si aquellas calles de San Telmo hablaran, entonces sí que Carmen Sotomayor se quedaba corta!

Advertencia: Si alguna vez quieres confrontar a tu madre cuando te hostiga para que no te conviertas en un jamón de Jabugo de pata negra, lo único que tienes que hacer es usar la sicología inversa. Dile: "Mami, ¿por qué no te consigues un noviecito? Llevas demasiado tiempo solita y no quiero que te pase como a Carmen Sotomayor, ¿tú sabes?". *That shit works!* Claro que esto funciona mayormente con las solteras/divorciadas/viudas/vírgenes recicladas. "¡Qué voy a ponerme yo a limpiar culos ni a lavar calzoncillos a estas alturas, m'ija!", respondió sin pensarlo. Y yo me pregunto: "¿Quién sería la hija de la gran puta que tuvo la gran idea de incluir un voto matrimonial que dijera: 'Lavaré los calzoncillos chillaos de mi marido hasta que la muerte nos separe'?". ¿Sería la madre de Carmen Sotomayor? No lo sé. Y quizás nunca lo sabré. Pero me queda clarísimo que todas las mujeres de la generación de mi madre (al menos las boricuas) tienen un gran trauma con esto de los calzoncillos cagaos. Aunque Yamila asegura en sus entrañas, sin que le quede na' por dentro, que las dominicanas también. Y las cubanas. Y las jamaiquinas. Vamos, que esto es un rollo caribeño de Antillas Mayores, de esos que mandan huevos. Literalmente.

El otro día, mientras meditaba con mis estudiantes a plena luz del día, entre mantra y mantra, me puse a reflexionar sobre los miedos que tenemos las mujeres de ahora. En parte, porque muchos han sido fomentados por las leyendas de nuestras abuelas.

Cuando me da complejo de Zulma, reconozco que le tengo miedo a la impotencia. "Me aterra pensar que mi marido no me lo meta y deje de follarme como quien no quiere la cosa", la imaginé decirle a su amigo piloto en mi meditación para la liberación del ser. Justo ahí, al ritmo repetitivo del *Har, har, mukanday* de fondillo musical que me llevaba hasta un espacio de relajación en el cual no están invitadas mis amigas, me di cuenta de que los miedos pueden ser muy sociables. Algunos se contagian de sólo mirarlos. Otros, se meten como por debajo de la piel, cual uña en busca de mugre. Le subí el volumen al tocadiscos del centro y que sea lo que Yogui Bhajan quiera. Nada como el sonido repetitivo de esas voces angelicales como la de Mirabai

Ceiba o Snatam Kaur para calmar la mente. Y la taquicardia vaginal también. *Har, har, mukanday. Har, har, mukandayyyy. Har, har mukandaaaaaaaaaaaaayyyyyy* . . .

—*But, you don't even have a boyfriend*, chica —despepitó Elisa, quien todo lo descompone. Cierto. No tengo novio todavía.

—*I know. But you gotta be proactive, you know?* —le dije a Linda asumiendo la postura de mi querida Zulma, la intensidad hecha mujer. La más brujita de todas me preguntaba por qué inventaba estrategias amorosas en mi mente todo el tiempo. —*I'm being proactive, like Capricorns do* —añadí.

—*Proactive with your feelings? Interesting. Never heard of that one before* —contestó con ese tono sarcástico que me habla cuando opta por ser dulce y no zumbarme un: *"Whatchu talkin' about Willis?"*. Linda también es la más compasiva de todas. La más *aware*.

Elisa, ni corta ni perezosa, también mete la cuchara. "Esta es la generación de roles invertidos, pero cada vez son más los casos de 'canarios muertos' que conozco. Lo cual me hace pensar que es muy probable que Carmen Sotomayor se quedó jamona por esta misma causa. No era tan pendeja como creían nuestras abuelas. Es más, estoy convencida de que ella fue la única lista que decidió follar antes de casarse. Alguien se lo metió mongo y por eso se quedó jamona. A mí, la Sotomayor me inspira cuando estoy en celo. Me da esperanzas cuando se me sube la libido con las putas medicinas pa' la depre", aseguraba. O al menos eso prefería pensar la pobre Elisa en sus peores momentos. Es que en el fondo, por alguna extraña razón, siempre he sentido gran afinidad con su manera de pensar. El otro día incluso lo discutía con una de las víctimas del temido monstruo de la flacidez eréctil, también conocida como María. Me decía ella: "Ay, amiga, estoy de acuerdo. Carmen era más lista que las demás. Si tan solo estuviera viva . . . Es que al mío ya no se le paraba ya. No supe qué hacer. Llegué a pensar que ya no lo amaba como antes. Creo que en el fondo tienes razón y necesito follar. Con o sin él. Quiero un brasilero. Necesito follar con un brasilero", afirmó con el alivio que siente quien se come un chicle después de un mofongo relleno de camarones al ajillo. Quince años más tarde, el novio imaginario de María —bueno su ex— ya no iba más. ¡Viva Dios!, diría mi madre.

A diferencia de ellos, nosotras necesitamos saber que nos follarán siempre. Nos sobarán el pelo después de terminar y nos traerán un vasito de agua a la cama. Claro, todo después de habernos hecho sentir amadas, comprendidas y *sexy*.

Abrí el ojo izquierdo y el cronómetro de mi iPhone marcaba treinta y un minutos con quince segundos. Apenas un minuto y medio antes de culminar mi meditación de grupo, pude comprender a Carmen Sotomayor. No creo que los miedos de las mujeres de antes sean tan diferentes a los de las de ahora. O sea, ellas le temen a la señorita Sotomayor, a que se les vaya el tren y a los calzoncillos cagaos. Nosotras, a que no se les pare nunca más y tengamos que buscar en tierra lejana lo que no tenemos en casa. Como todavía no me tocaba bajarle el volumen suavecito a los mantras y despertar a los cuatro que estaban roncando descaradamente en plena clase, aproveché para hacerme una última pregunta a mí misma: "Misma", me dije, "¿será cierto que Carmen Sotomayor murió virgen como todos pensaban?". Algo me dice que esa folló más que nadie en aquel barrio boricua. Como Elisa. "Las más calladitas son las más putas", siempre me dice cuando se me aparece en sueños. Y qué pendejas las demás que se apiadaban de ella porque dis que no tenía marido. Se olvidaban de que al menos ella no tendría que lavar calzoncillos cagaos en el río. Ni luchar contra la gravedad ni la impotencia. Esa mujer sí que fue feliz . . . Y con esta hermosa revelación divina del más allá, abrí el ojo derecho también, bajé el volumen del *Har, har, mukanday*, traje a todo el salón de vuelta a lo terrenal, lo mundano, y despedí la clase con esa hermosa canción de los sesenta que el hippie de Yogui Bhajan escogió como himno oficial del yoga Kundalini. Les pedí a mis alumnos que cerraran los ojos nuevamente y acomodaran el punto focal al centro de su chakra del tercer ojo (o sea, empujando los ojos hacia el centro de la nariz como si fuesen a ponerse bizcos, para activar el nervio óptico). Que pensaran en algún ser humano que necesite *healing*, amor, luz, paz, y dedicaran su práctica del día a esta persona. Así, entonamos al unísono la canción "Long Time Sun Shine" o del eterno sol, como la llaman algunos en español.

> *May the long time sun shine upon you*
> *All love surround you*
> *And the pure light within you*
> *Guide your way on*
> *Guide your way on*
> *Guide your way on*

La segunda estrofa, les pedía a mis alumnos que se la dedicaran a sí mismos.

> *May the long time sun shine upon you*
> *All love surround you*
> *And the pure light within you*
> *Guide your way on*
> *Guide your way on*
> *Guide your way on*

Para finalizar, todos recitamos un último y largo *Saaaaaaaaaaaaaaaat* (que significa 'verdad, soy verdad') y un cortito *Naaaam* (que significa 'es mi identidad'). 'Soy verdad. La verdad es mi identidad'. "Peace to all, love to all, light to all", concluí antes de dejarlos salir del salón, de regreso a la jungla hermosa que es mi ciudad favorita: Nueva Yol.

Nada como estas hermosas palabras para aceptar que todos, dondequiera que estemos, en especial las mujeres —quienes según mi yogui somos dieciséis veces más fuertes emocionalmente que los hombres, porque somos las creadoras por excelencia y nuestra energía Kundalini, que proviene del chakra sexual, es mucho más fuerte— somos capaces de vivir en paz con nuestra verdad.

Mi verdad es que soy Cecilia, la que se autodemonina yogui. Tal vez la más elevada o más *aware* del grupo. O al menos eso pienso. La misma que es capaz de juzgar al prójimo entre *crow pose* y *sun salutation*, de hablar sucio, de comerse una chuleta can-cán cuando viajo a la isla, la que no siempre medita ni hace ejercicio. La que no supera lo que le hizo el belga, más que todo porque no tolero las injusticias. Bueno, y porque follaba como dios. O como brasileño.

Soy Cecilia. Soy #María. La misma que un día fue abandonada por el amor de su vida. O al menos eso creía. A la que le han pegado cuernos y los ha pegado pa'tras. Por eso siempre dice que dejó un pedacito de su corazón en España, allá por 1999. La del tatuaje de la insensatez de la juventud en el cuello. A la que nadie le quita lo bailao. Ni el sufrimiento que lleva en el alma por culpa del gringo. ¡Maldito Juanito! Ni siquiera el *jet set* en el que vive la distrae. Las pollas brasileñas —de esas que se mueven al ritmo de la samba—, sin embargo, no es que le gusten; la entretienen. ¡Y bastante!

Soy Cecilia. Soy #Linda. A quien algunas veces le entra

el complejo de brujita y le vienen cosas en sueños. O cuando escucha a La Bruja —o a Breti— y confirma que eso que estaba pensando y parecía no tener ni pies ni cabeza, era una premonición. Ese tercer ojo que el universo le regaló sí que no lo cambia por nada. Aún cuando no funcionara para evitar la muerte de sus seres queridos. "Su padre", su hermana (la loca certificada), su sobrinito cuando se desprendió su placenta de la nada . . . Esas sí que no las vio venir. La que come paquetitos de M&M's de maní en el aeropuerto y toneladas de Whoppers de chocolate cuando le va a venir la regla. La que ha sabido estar con hombres buenos, aún cuando sabe que no son los que son.

Soy Cecilia. Soy #Martita. A la que le aterra pensar que pueda perder un bebé si alguna vez decide preñarse. La misma que tampoco supera el trauma del abandono ni el de la cartera de Petunia. Ni la neurosis que Dios le dio y no hay sicólogo que se la quite. La que plantó la velita blanca en el tiesto a plena luz del día en Brooklyn. A quien en años mozos muchos hicieron sentir como la incomprendida. La que no encajaba en esa mentalidad caribeña que hoy respeta con madurez, mas no se acepta del todo.

Soy Cecilia. Soy #Astrid. La nieta de mi abuelita Lita, la virgen reciclada. La que no se come un pollo así venga disfrazao de arepa de las de su mamá. La que se cree Madonna y come macrobiótico, pero no siempre. La misma que ni tiene el pelo de Danna García ni las caderas de Shakira y algunos tildan de amarga en ocasiones especiales. La que ama Colombia y a sus *Colombians*. En especial a Carlos Vives. La que ya no piensa que cancelarle a último minuto a la gente está tan cool. La que cambia a la velocidad del peo y no todos comprenden. O pueden alcanzar.

Soy Cecilia. Soy #Gladys. La que prefiere ir *topless* cuando se da dos Medallitas de más. La más hippie en espíritu. Esa que no quiere tener hijos. La que llevaba 1.462 noches soñando y ahora conoce el verdadero amor un 25 de abril. Y le está eternamente agradecida a Ryan Gosling por ello. La Bridget Jones boricua que ha superado el miedo a morir sola y comida por sus gatos y cuya lápida en su tumba leerá algo así: *"Aquí yace lo que quedó del cuerpo de Gladys (tetas caídas incluidas) porque el resto se lo gozó, se lo bebió, se lo comió y se lo folló. Y nunca pagó una cuenta de pediatra ni tuvo préstamos universitarios. Viajó por todo el mundo y metió mano un promedio de tres veces por día, con un hombre de pene enorme (bueno con varios, mejor dicho) y tez morena que la amó profundamente y dejó a una china después de trece años. Gladys fue inmensamente feliz por ella misma. Aunque Linda (¡y La Bruja!) tuvieron mucho que ver, claro está. Y ahorró mucho dinero para poder pagar una placa grande para que todo este ensayo literario cupiese en su tumba. ¡Para ella todos los días fueron un 25 de abril!".*

Soy Cecilia. Soy #Victoria. La portavoz de la Compañía de Turismo de la República Argentina. La que muere de miedo de terminar con un marido abusivo emocionalmente, como Sebas, quien encarna al mismo belga con complejo de Patrick Swayze que le jodió la vida a otras tantas. La que prefiere mirar pa'fuera porque si mira pa'dentro se vuelve a ir corriendo a tierra lejana. La que en el fondo alberga la esperanza de tener la suerte de Elsa y Fred, de no conseguir al amor de su vida antes de los cuarenta. La que sabe que para hacer bien el amor hay que ir al sur. Se deja hacer Reiki y *theta healing*, aún cuando le suena tan fea la última. Es amiga de Patu y está convencida de que cada uno de sus amigos gay equivale a diez amigas pendejas y traicioneras, envidiosas. La que ya no culpa a la más hippie por su desgracia, aunque estas palabras jamás saldrán de su boca.

Soy Cecilia. Soy #Yamila. La de los *commitment issues* proyectados una y otra vez. A quien el belga —el *mushroom* por excelencia— la sigue asechando hasta que no supere su karma. La que cree en vidas pasadas. La que si le dan a escoger entre ella y el otro, siempre escogerá por ella. Algunos la piensan egoísta, pero a ella poco le importa. Un día de verano en Halong Bay se dio cuenta de que su marido imaginario es un ser que le da paz y le enseñará el camino al compromiso, que es, a su vez, el primer paso a la felicidad según Yogui Bhajan. Aunque ha tenido ya tres divorcios mentales y cero matrimonios reales, ama —y tal vez siempre amará— secretamente a su vikingo. Aquel que quedó en venir a buscarla en el *jet* privado. A la que el acento dominicano le da mucha ternura porque le fascina su gente. Yamila es como Stephen Colbert: no ve colores, no ve razas, no ve sexos. Es una *equal opportunity girl*. Le gusta todo porque todo es bello.

Soy Cecilia. Soy #Zulma. La intensa. La que está convencida de que una mujer completa tiene marido. La que algunos tildan de ambiciosa antes que leal. Porque es como su papá en el trabajo y como su mamá en la casa. Por eso odia a las chicas Tupperware y a las Mari Chochis del mundo mundial. Quiere ser mamá. Siempre ha querido. Le encantan los niños y a los niños les encanta ella porque en el fondo, es dulce. Cree en el Espíritu Santo, bueno ya no tanto. Es líder, profesional, mánager. Pero no controla donde tendría que controlar: en su cabeza, en su mente hiperactiva. Comete errores y los va coleccionando como pruebas de su humanidad. Más que todo porque pedir perdón no es lo suyo. La vulnerabilidad la aterra. Dios la libre de ser como su madre. Pero es su vivo retrato, a imagen y semejanza, *per secula, seculorum*.

Soy Cecilia. Soy #Elisa. La bipolar. La loca certificada que todos juran es asexual. La que está de acuerdo con la técnica de Carmen Sotomayor y por eso su abuelita Lita la bautizó como "La Player". Siente profunda admiración por los cubanos y sus artimañas románticas. Morir de cáncer, sobre todo si es de seno, es su miedo más profundo. Menos mal que logró perdonar a "su padre" antes de que se muriera. Su compañero de juego por predilección siempre fue su ídolo, por más que quiera negarlo. La que nunca quiso casarse ni tener hijos pero siempre los quiso.

Soy #Cecilia Marie Rivera. La que tiene una desesperante necesidad de definir su existencia y vivir en un mundo libre de estereotipos, mientras ella misma los va creando. La que por allá muy en el fondo, todavía tiene el corazón partido como #María y sueña con el día en que pueda volver a vivir en Madrid. La que cuando sea grande quiere tener la intuición de #Linda —a quien considera su guía espiritual— a pesar de que sabe que jamás se aplica sus propios consejos y ha tenido más fracasos que bienaventuranzas. La que admira la ingeniudad de #Martita, porque ella no tiene miedo a seguir intentándolo. No tiene miedo a ser vulnerable. Y llora fácilmente. De #Astrid, desea aprender a comer con conciencia y balancear de una vez por todas su ying y su yang. #Gladys es tal vez con quien más se identifica en esos momentos en que abre su cuenta de banco y se da cuenta de que tiene suficiente *"fuck-you money"* como para irse de viaje a tierras lejanas, en plenas horas laborables. O cuando simplemente quiere probar algo nuevo en la cama. Y cuando le dan ganas de amarrarse las trompas de Falopio a ver si su novio se quita el dichoso condón de vez en cuando. A pesar de que no es la fan número uno de #Victoria, porque odia el drama, reconoce que su teoría de los amigos gay encierra mucha sabiduría. Y comparte también su añoranza con tener un final como el de #Elsa y Fred. Porque es una romántica. Como el tango.

Admira también —¡y mucho!— la parsimonia y el positivismo extremo de #Yamila. Ya quisiera ella que todo le gustara. . . El vikingo y el belga incluidos. A #Zulma la considera una mezcla de tres de los siete aspectos de su mente: la mánager, la estratega, la líder. Pero no la soporta cuando es desleal. Repudia su ambición pero no puede evitarla. Ha aceptado con los años que tanto ella como #Victoria y Elisa personifican la mente negativa. Porque #Linda, #Astrid, #Martita y #Yamila son definitivamente la mente positiva. Una mezcla entre María (cuando deja de obsesionarse con Juanito) y Gladys (cuando se pone pantis) son lo que ella considera la meta: la mente neutral. Ese espacio donde se siente plena.

De lo que no cabe duda, es que de todas, #Elisa es su aspecto protector. Es quien la pone en su sitio cuando se desbalancea. Casi siempre le pasa el día antes de regresarse de unas lindas vacaciones en Asia. O en casa del carajo. Siempre le pasa lo mismo.

Puede que para muchos la felicidad no sea una realidad que comparten estas mujeres entre sí. Pero, gracias al universo —como optan por llamar a Dios— todavía todas se necesitan. Es más, si no fuese por esta amistad que se ha desarrollado más allá de esquemas y juicios o códigos postales, Cecilia no sería quien es hoy: una mujer en balance. Con mucho por aprender pero poco de qué arrepentirse.

Inspirada en los fracasos y los logros de sus amigas, le pide al universo que eleve su nivel de conciencia y siempre pueda sonreír. Y *"act loving even when love isn't present"*, como aprendió de su yogui.

A todas nos ha tocado encontrarnos en diferentes momentos de la vida a modo de recordatorio de que nos tenemos a pesar de que seamos aceite y agua en ciertas ocasiones. María, Linda, Martita, Astrid, Gladys, Victoria, Yamila, Zulma, Elisa y yo somos diez mujeres en busca de un mismo camino: la paz mental.

Somos un bonche de mujeres exitosas, algunas con los pies en la tierra, algunas con la cabeza en las nubes y otras con expectativas en el más allá. Todas fuertes, guapas y divertidas y por eso las respeto de corazón. Con o sin marido, mal folladas o felices, en español o en inglés, nuestra única intención en la vida es diseñar y construir un puente indestructible entre nuestros corazones y nuestras mentes. ¡Y que ambos se pongan de acuerdo de una puta vez! Cuando se juntan a la misma vez, juran que acaban y que me dominan. Pero lo que no saben ellas es que ya sé dónde está el botón OFF. Porque lo instalé yo misma. Porque yo las creé. Porque no son más que mis pensamientos hechos personas en esta mente que Dios me dio y que Yogui Bhajan me regaló. Mis pensamientos más locos, más dulces, más románticos, más psicóticos, más compasivos. Y como yo no creo porquerías, y lo mío es aprender echando a perder, intento convivir con cada una de mis amigas cual comuna hippie: en armonía, en soledad —de vez en cuando— y bailando de la mano al ritmo de "Mami, ¿qué será lo que quiere el negro?" cuando más me conviene. Coexisto —como puedo— con la malfollada, la espiritual, la neurótica, la cabecidura, la vegetariana, la gitana, la *drama queen*, la eterna optimista, la *unaware*, la bipolar, la elevada, la madre que me parió y la memoria del padre que murió.

Esto, aunque no lo parezca, es sencillo, bueno y sabroso. Un cien por ciento pegajoso, como dice ése prócer puertorriqueño del rap, Vico C. Mis pensamientos redefinen mi condición de mujer. Es más, esa es su mayor obsesión. Descifrar qué sucede en este seso femenino —a veces más masculino—, a las que me refiero como #LasImperfectas. Porque en nosotras viven todos —absolutamente todos— esos pensamientos alocados (¡pero lógicos!). Y cuando no pueden convencerme, me confunden. Y he aquí lo jodido . . .

EL FIN (de esos que justifican los medios)

##

(232.544 caracteres)

AGRADECIMIENTOS

Doy gracias . . .

Al universo, por permitirme ser parte de él con cada respiro.

A la madre que me parió, a quien le debo el lado derecho de mi cerebro, Nydia Horta: la mujer más noble, fuerte de espíritu y leal que jamás conoceré. Gracias por ser mi mamá en todas nuestras vidas. Y por quererme tal cual soy. Te amo.

Al padre que escogí y a quien me parezco más de lo impensable. Gracias por el lado izquierdo de mi seso, por los viajes, las risas, los momentos con Pancrasio y Guillermina Soler. Por la patria. Por mis hermanos Lucas, Ariel y Edgardo. Por que te amo en la tierra y en el cielo, papi. Y que nos quiten lo bailao' . . .

A Ane. La mejor hermana mayor que alguien pudiese pedir. Quien me enseñó que la vida es corta y que el sacrificio también da felicidad. Tranquila, hermana, en el cielo no hay dolor. Yo, mientras, seguiré "haciendo siempre lo que me de la gana, y nadie me detendrá". Este libro existe por ti. Porque en la tragedia hay belleza. #Wisha

A Yiyi. La mejor hermanita menor que alguien pueda tener. Gracias por hacerme tía dos veces. Por tu paciencia y compasión. Por enseñarme a pedir perdón. Por Santiago. Por Enrique. Porque ustedes me devolvieron la confianza en los hombres demostrándome que el amor incondicional sí existe.

A mis abuelas. A Santitos por enseñarme a cocinar bueno y por tu correa de tres patitas. Sin ella, probablemente estaría presa ahora mismo. Gracias por disciplinarnos con amor. Y por las infinitas habichuelas ablandadas cada día, por al menos, dieciocho años de mi vida. A Lalita por aparecerte en sueños y empujarme a escribir.

To Stephen. The most geniune and kind-hearted soul. The best man I know. My favorite travel partner. Thank you for pushing me to write with love and compassion. Infinite besitos included!

To Candy. My friend, my second mom, my light. Thanks for showing me the path to excellence and for always "knowing" that I could make it happen. Love you long time!

A Bubu, mi "Ricky Martin". Gracias por tu comprensión. Por siempre estar. Por los chistes mongos. Los viajes de solteros. Eres mi amigo incondicional. Si es cierto que "la vida es una obra de teatro", tú siempre serás protagonista en la mía. Te adoro, G.O.

A Karianna, Félix y Camila. Por ser mis seres de luz, mis bebés. Gracias por enseñarme el amor más puro y sin agendas. Por darme el privilegio de ser su madrina. Los amo con locura y por los siglos de los siglos. Siempre estaré orgullosa de ustedes. #empanadafeet

A Glori (mi Bridg del alma, con quien las palabras sobran), Ángela (mi guía espiritual y florecita rockera), Vanessa (mi comadre y hermana putativa), Margarita (mi amiga más dulce y compasiva), L.D.L.R. (por su siglas en español; mi panita boricua y fan más fiel, y la mamá más cool que conozco), Zulema (mi relacionista pública pro bono, mi primera amiga en NYC), Anjanette (mi musa, mi mentora, mi escritora favorita), Nashelly (mi belleza tropical), Mario y Pilar (mis profesores dentro y fuera del aula, mis amigos más sabios), Papo (mi Chayanne, mi compañero del chilingui y creador incansable de looks), Zuania (mi conexión con la mejor agente literaria del mundo). Gracias a todos por escuchar mis mierdas y todavía quererme como el primer día.

To Arjan, Mayra, Elise and Yogi Bhajan for being my support system and a dream team of coaches; my spiritual teachers.

A Aleyso Bridger. Por concederme el deseo de ser una autora publicada en tiempo récord. Por tantos logros compartidos. Por tu lealtad y por ese cerebro creativo que Dios te dio y que compartes con todo el que lo necesite. Gracias por tu amor. Right back at you, my friend!

A Jaime de Pablos. Por ser el hombre más confiado del mundo. No sólo aceptaste mi propuesta de *Las imperfectas* sin pensarlo, sino que hiciste que este proceso fuese un paseo por el Parque del retiro. Gracias por creer. Y por comer vegetales conmigo. Tranqui, ¡que las albóndigas vienen pronto!

A mis editores Ingrid Paredes y Jaime de Pablos, diseñadores Jaclyn Whalen y Perry De La Vega en Vintage Español.

Sin ustedes nada de esto habría sucedído. Gracias por las horas de trabajo y por el esmero.

A Vintage Español por hacer a una joven (bueno, eso prefiero pensar) puertorriqueña muy, pero que muy feliz. Gracias por atreverse a ser mis primeros publishers. #bestseller #comingsoon

Gracias totales.